AF452154

NATURALISME

OU

RÉALISME

ÉTUDE LITTÉRAIRE ET PHILOSOPHIQUE

SUR L'ŒUVRE DE M. ÉMILE ZOLA

PAR

FRANÇOIS DE BUS

Avocat, Ex-Substitut de Dunkerque.

PARIS

AMYOT, LIBRAIRE-ÉDITEUR

6, RUE DE SEINE, 6

—

MAI 1879

NATURALISME OU RÉALISME ?

I

Le Naturalisme

On entend d'abord par *Naturalisme*, la religion de la nature ; c'est une des nombreuses formes que revêt le *Polythéisme*. Le naturalisme ainsi entendu, peut consister dans le fétichisme ou dans le culte des éléments.

On appelle encore *Naturalisme* une opinion philosophique d'après laquelle l'homme arriverait à la connaissance de la vérité religieuse, par le développement naturel des forces de son esprit et ne devrait admettre comme fondés que les principes acceptés par sa raison. A la différence du *Rationalisme*, procédé de l'esprit qui consiste dans l'emploi exclusif du raisonnement et de la raison dans l'étude des questions religieuses et philosophiques, le *Naturalisme* nie toute révélation. En d'autres termes, le *Naturalisme* est un système qui méconnaît une intelligence régulatrice dans le monde ou la Nature, dont il attribue les mouvements à une force intime ou au hasard : il aboutit au *Panthéisme* ou à l'*Athéisme*.

Enfin, dans la langue des Beaux-Arts (et nous prenons ce mot dans sa plus large acception) le *Naturalisme* est la reproduction aussi exacte que possible des objets naturels, sans préoccupation de la beauté idéale, c'est ce que l'on nomme de nos jours le *Réalisme*.

Voilà ce que la philosophie pure nous enseigne sur le *Naturalisme*, entendu dans ces diverses acceptions. Voyons maintenant ce qu'elle nous apprend sur le *Réalisme*.

II

Le Réalisme

Dans le langage de la Littérature et des Beaux-Arts *Réalisme* signifie *imitation systématique de la réalité*. La nature physique et morale peut être imitée dans les œuvres d'imagination et dans celles des arts représentatifs d'après deux méthodes différentes, suivant que l'on se propose de reproduire exactement les objets tels qu'ils sont extérieurement, ou que l'on veut exprimer ce qu'on y voit, ce qu'on y sent et quelquefois ce que l'on y voudrait trouver. Dans le premier cas, c'est la *chose* qu'on veut peindre; dans le second, on veut rendre *l'idée* qu'on s'en forme. Le *Réalisme* est donc la méthode qui renferme l'art dans la représentation de la chose, et *l'Idéalisme* est la méthode qui aspire à l'expression de l'idée.

Les grands auteurs des siècles précédents et du commencement du nôtre, Pascal, Molière, Gœthe et tant d'autres, que l'on a successivement accusés de réalisme, se sont bornés à serrer de plus près la réalité, mais, guidés par un sentiment juste de l'art, ils n'ont jamais perdu de vue que cette réalité sévère avait aussi son idéal et ils l'ont poursuivi.

Bien avant M. Zola qui, malgré son immense talent (nous le démontrerons aisément), n'a rien inventé, pas même le *naturalisme*, qui est vieux comme le monde, bien avant M. Zola, disons-nous, l'on donnait le nom de *réalistes* à ceux qui, proscrivant l'idéal comme un mensonge, et reléguant la poésie parmi les puérilités démodées et surannées, trouvaient que la réalité toute crue, quelle qu'elle fût, était seule digne d'imitation. Un écrivain qui avait fait un livre en faveur du *réalisme*, en protestant qu'il ne savait pas ce que c'était, disait avec ironie : « Nul doute qu'à un moment donné, les critiques, pris dans leur propre piége, ne cher-

chent à diviser les écrivains en bons et **en**
mauvais réalistes. »

Nous sommes arrivés à ce moment psychologique, seulement, ce ne sont pas les critiques,
mais les partisans ou prétendus tels de l'école
réaliste contemporaine qui s'accusent les uns
les autres de n'être que de *mauvais réalistes*.
La petite église fondée par M. Zola n'a jusqu'à
ce jour enrôlé que fort peu d'adeptes. Si peu
nombreux que soient les disciples de l'auteur
de l'*Assommoir*, ils se démolissent entre eux
(nous allons le voir plus tard), comme le MAITRE
a démoli lui-même tous nos grands écrivains
modernes.

III

M. Emile Zola.

Malgré son grand talent, malgré le bruit
et le tapage qui se sont faits dans ces temps
derniers autour de son nom, et qui sont loin
d'être calmés aujourd'hui, M. Emile Zola ne
restera dans la littérature contemporaine qu'à
l'état de type curieux, de phénomène. M. Emile
Zola est avant tout un vaniteux, qui a la vanité
de sa vanité. Chez lui, rien de *spontané*.
L'adversaire acharné de l'*idéalisme* n'est pas
né créateur. La nature (saluez, Emile !), qui
lui a refusé le génie, l'a doué d'une grande
force de volonté, d'une grande puissance de

travail surtout. Son talent, fait d'études et de procédé, s'est développé et a mûri lentement.

Après avoir longtemps cherché sa voie, après avoir en vain poursuivi le succès qui s'obstinait à le fuir, il l'a enfin trouvé dans un genre de littérature dont les *Alphonses* de barrière et les *Nanas* du demi-monde sont le plus bel ornement.

L'*Assommoir* est devenu dans les mains de M. Emile Zolla, *le bélier* à l'aide duquel il a démoli toutes les gloires littéraires passées ou présentes, qui pouvaient porter ombrage à la sienne. Après avoir réduit à l'état de simple précurseur le grand Balzac et au rôle d'ancêtre le bon et spirituel Chamfleury ; après avoir donné le fouet à ces polissons de lettres qui s'appellent : Sardou, Alexandre Dumas fils, Emile Augier et *tutti quanti* et dont la littérature emmiellée et fadasse a été trop longtemps goûtée du public ; M. Zola n'a pas craint de s'attaquer au fondateur de l'école romantique: à Victor Hugo lui-même. Il a mis dans l'un des plateaux de sa balance naturaliste l'*assommoir*, et dans l'autre *Ruy-Blas* et *Ruy-Blas* a été trouvé plus léger.

C'est que, voyez-vous, maintenant qu'il tient le succès, qu'il est le lion du jour, *Alcibiade*-Zola n'admet plus de rivaux importuns. Il veut que l'opinion publique reste tout entière concentrée sur son immense personnalité, et si demain, un mauvais plaisant s'avisait encore de louer Shakœspeare, voire même Bossuet ou Corneille, M. Emile Zola démolirait aussi bien Shakespaere, Bossuet et Corneille que tant d'autres qu'il a déjà réduits en poussière.

En attendant, comme la République faisait, dans ces temps derniers, un peu trop parler d'elle, ce qui à la longue, aurait pu lui faire tort, M. Zola n'a pas reculé devant le sacrifice, il a immolé la République sur l'autel du naturalisme.

M. Thiers, arrivé au faite des grandeurs, s'était écrié un jour avec un geste superbe que n'eut point dénié M. Joseph Prudhomme lui-même, son ancêtre en bourgeoisie : « *La République sera conservatrice, ou elle ne sera pas,* » phrase vide et sonore qui voulait peut-être dire dans l'esprit de son auteur : *Je serai président de la République, ou il n'y aura pas de République en France.* M. Zola, parodiant cette parole célèbre (ce qui, entre nous, n'a rien de naturaliste) s'écrie à son tour : « *La République sera naturaliste, ou elle ne sera pas !* » Nous n'irons pas jusqu'à insinuer qu'en tenant ce langage M. Zola a posé, d'une façon déguisée et à l'aide d'un habile sous-entendu, sa candidature à la présidence de la République. M. Zola réside d'ailleurs dans des sphères plus élevées et plus sereines qu'il ne daignerait pas déserter pour ramasser le pouvoir, si on le lui offrait. Chef et pontife d'une bruyante école (nous aurions voulu pouvoir dire d'une grande école) il rêve une république faite à son image et à sa ressemblance. Puissent les dieux (auxquels il ne croit plus et dont nous lui demandons bien pardon de prononcer ici le nom) lui jouer le mauvais tour de lui accorder la réalisation de son rêve et nous faire le plaisir de nous montrer après la République des *Gambetta*, des *Favre*, des *Ferry*, des *Ricard*, des *Marcère*, des *Lepère* et autres, la République des *Coupeau*, des *Lantier*, des *Goujet*, des *Mes-Bottes*, des *Bec-Salé*, des *Bibi-la-Grillade* et autres.

C'est la grâce que nous lui souhaitons, ainsi qu'à nous, avant de nous livrer (*arduum opus !*) à l'examen de ce que l'on est convenu d'appeler la doctrine de maison Zola et Ce.

IV

Un Précurseur

M. GUSTAVE FLAUBERT ET Mme BOVARY

M. Gustave Flaubert est un des précurseurs de M. Emile Zola. Comme M. Emile Zola, M. Gustave Flaubert a eu son heure de tapageuse célébrité et est entré dans le monde des lettres par la porte bruyante du scandale. *Madame Bovary* a été pour M. Gustave Flaubert, ce que l'*Assommoir* sera pour M. Emile Zola. Complétement inconnu avant ce roman de mœurs (quelles mœurs !) auquel rien n'a manqué, pas même les honneurs d'un procès retentissant, M. Gustave Flaubert est devenu de primesaut un des écrivains les plus connus, voire même les plus lus, de l'école réaliste. Chacun se jetait avec avidité sur cette littérature d'un genre nouveau et inédit. Chez les uns elle éveillait une curiosité malsaine ; chez les autres elle ravivait des goûts de débauche et de luxure. La littérature moderne entrait désormais dans une phase nouvelle. Elle faisait irruption dans le domaine de la médecine et, abandonnant la plume pour s'armer du scalpel, les nouveaux pathologistes

Cherchaient, les yeux ardents, au fond du cœur
[humain
La fibre la moins pure et la plus sale reine,
Pour en faire jaillir des flots d'or à main pleine.

Il n'avait pas fallu moins de deux volumes à l'auteur pour nous raconter avec un luxe de détails des plus croustillants les aventures galantes de son héroïne qui, comme l'Agrippine si bien dépeinte par Juvénal, connut quelquefois la lassitude, mais la satiété jamais.

A côté de ce personnage principal, M. Gustave Flaubert, qui n'est pas ennemi des contrastes, avait très habilement placé et fait mouvoir quelques-uns de ces grands hommes de petites villes dont la province a la spécialité fort peu enviable d'ailleurs.

C'était d'abord le conseiller Lieuvain qui, à en juger par son éloquence de comice agricole, aurait pu tout aussi bien que M. Albert Grévy, devenir gouverneur général civil de l'Algérie. C'était ensuite un personnage d'une plus grande envergure, l'illustre pharmacien Homais. Pourquoi un pharmacien et non pas un médecin ? C'est que le médecin aurait pu guérir l'affection dont était atteinte Mme Bovary et enlever à M. Flaubert son *intéressant sujet*.

Le pharmacien s'est imaginé (ô comble de la présomption !) qu'il était un esprit fort parce qu'il connaissait les *simples* et les exploitait. Sa profession de foi religieuse (car Joseph Prudhomme Homais fait des professions de foi religieuses, comme le premier Jean-Jacques Rousseau venu) est un pur chef-d'œuvre dont nous ne voulons pas priver nos lecteurs.

« J'ai une religion, dit le solennel apothicaire, et même j'en ai plus qu'eux tous avec leurs momeries et leurs jongleries. J'adore Dieu, au contraire ! Je crois à l'être suprême, à un créateur quel qu'il soit, peu m'inporte, qui nous a placés icibas pour y remplir nos devoirs de citoyen et de père de famille : mais je n'ai pas besoin d'aller dans une église baiser des plats d'argent et engraisser de ma poche un tas de farceurs qui se nourrissent mieux que nous. Car on peut l'honorer aussi bien dans un bois, dans un champ ou même en contemplant la voute éthérée ; comme les anciens ; mon Dieu à moi, c'est le Dieu de Socrate, de Franklin, de Voltaire et de Béranger ! Je suis pour la profession de foi, du vicaire Savoyard et les immortels principes de 89 ! Aussi je n'admets pas un bonhomme de bon Dieu qui se promène dans son parterre, la canne à la main, loge ses amis dans le ventre des baleines, meurt en poussant un cri et ressuscite au bout de trois jours : choses absurdes en elles-mêmes et complétement opposées d'ailleurs à toutes les lois de la physique, ce qui nous démontre en passant, que les prêtres ont toujours croupi dans une ignorance turpide où ils s'efforcent d'engloutir avec eux toutes les populations. »

C'est complet, n'est-ce pas ? Il y a de tout dans cette profession de foi composée *selon la formule* : *deux grammes* de l'Etre suprême de Robespierre ; *trois drachmes* de la philosophie de Socrate, ce philosophe aux mœurs exemplaires ; 500 *grammes* de celle de Voltaire ; le vicaire savoyard tout entier ; le tout mêlé, trituré, combiné *secundum artem* et conformément aux lois de la physique.

Cette mixture religieuse si habilement composée se trouve dans toutes les pharmacies *Homaïopathiques*. Nous ne saurions trop en recommander l'usage à S. E. M. Jules Ferry et aux partisans de ses lois contre la liberté de l'enseignement.

Avec le citoyen Homais, *l'argot*, cette langue si expressive et si imagée, fait son entrée triomphale dans la maison Flaubert-Bovary. Le grand apothicaire n'y va pas par quatre chemins et appelle les gens et les choses par leur nom : le prêtre, *un calotin*, et l'église, *la boutique du bon Dieu*. Quelqu'effort d'imagination que puisse faire M. Zola, il ne trouvera jamais mieux dans les *assommoirs* modernes dont il est aujourd'hui l'historiographe le plus autorisé.

Encouragé par le succès étourdissant de son premier ouvrage, M. Gustave Flaubert qui est, toujours comme M. Zola, un travailleur infatigable, s'est remis immédiatement à l'œuvre. Ses nouvelles publications, *Salammbô* et la *Tentation de Saint-Antoine* ont été plus que froidement accueillies par le public resté fidèle à l'infidèle Mme Bovary. Quoi que puisse faire ou publier encore M. Gustave Flaubert, il ne retrouvera plus la vogue de ses débuts littéraires. *Ceci*, qui est Mme Bovary, a tué *cela*, qui est M. Gustave Flaubert ! Ces deux noms resteront désormais indissolublement rivés l'un à l'autre, pour la honte et la confusion de chacun ! Quel châtiment pour un écrivain de alent ! *Et nunc erudimini*, o Zola !

V

Un autre précurseur

M. EDMOND DE GONCOURT ET LA FILLE ÉLISA.

Aujourd'hui l'art n'est plus, personne n'y veut croire.
Notre littérature a cent mille raisons
Pour parler de noyés, de morts et de guenilles
Elle-même est un mort que nous galvanisons.
Elle entend son affaire en nons peignant des filles,
En tirant des égouts les muses de Regnier.
Elle-même en est une et la plus délabrée
Qui de fard et d'onguent se soit jamais plâtrée.

(Alfred de Musset. *La coupe et les lèvres*.)

Il me faut pour que ma soif s'étanche
Que le flot soit sans tache et pur comme un miroir
Ce sont les chiens errants qui vont à l'abreuvoir
. . . .

Quand la virginité
Disparaîtra du ciel, j'aimerai les statues,
Le marbre me va mieux que l'impure Phryné
Chez qui les affamés vont chercher leur pâture,
Qui fait passer la rue au travers de son lit,
Et qui n'a pas le temps de nouer sa ceinture
Entre l'amant du jour et celui de la nuit.

(Idem.)

Ce sont les chiens errants qui vont à l'abreuvoir ! disait Alfred de Musset qui ne savait pas jusqu'où peuvent aller le zèle et le dévouement de nos réalistes modernes.

Un écrivain d'un grand mérite et dont la réputation littéraire n'avait rien à gagner à une pareille et rebutante entreprise, s'est fait, dans ces dernières années, l'historiographe de ces maisons que la morale reprouve mais que la loi tolère. Après la peinture de l'*Hystérie*, la peinture de la *maison publique* ! La progression est logique.

Pourquoi ce livre et dans quel but M. Edmond de Goncourt l'a-t-il écrit ? Il va nous le dire lui-même dans sa préface :

« Mon frère et moi, il y a treize ans, nous écrivions en tête de *Germinie Lacerteux* : « Aujourd'hui que le roman s'élargit et grandit, qu'il commence à être la grande forme sérieuse, passionnée, vivante de l'étude littéraire et de l'enquête sociale, qu'il devient par l'analyse et la recherche psychologique l'histoire morale contemporaine, aujourd'hui que le roman s'est imposé les études et les devoirs de la science, il peut en revendiquer les libertés et les franchises. »

» En 1877, ces libertés et ces franchises, je viens seul et une dernière fois peut-être, les réclamer hautement et bravement pour ce nouveau livre, écrit dans le même sentiment de curiosité intellectuelle et de commisération pour les misères humaines.

» Ce livre, j'ai la prétention de l'avoir fait austère et chaste, sans que jamais la page échappée à la nature délicate et brûlante de mon sujet, apporte autre chose à l'esprit de mon lecteur qu'une méditation triste. Mais il m'a été impossible parfois de ne pas parler comme un médecin, comme un savant, comme un historien. Il serait vraiment injurieux pour nous, la jeune et sérieuse école du roman moderne, de nous défendre de penser, d'analyser, de décrire tout ce qu'il est permis aux autres de mettre dans un volume qui porte sur sa couverture : *Etude* ou tout autre intitulé grave. On ne peut à l'heure qu'il est vraiment plus condamner le genre à être l'amusement des jeunes demoiselles en chemin de fer. Nous avons acquis depuis le commencement du siècle, il me semble, le droit d'écrire pour des hommes faits, sinon s'imposerait à nous la douloureuse nécessité de recourir aux presses étrangères et d'avoir, comme sous Louis XIV

et sous Louis XV, en plein régime républicain
de la France, nos éditeurs en Hollande. » (1)

Voyons donc comment l'auteur, qui n'a pas
eu besoin d'émigrer en Hollande pour éditer sa
prose de *médecin*, de *savant* et d'*historien*
(sont-ils complets ces romanciers naturalistes
modernes), « ÉCRIT POUR DES HOMMES FAITS. »

Le roman réaliste de M. Edmond de Goncourt commence par la fin, par le denouement
et quel dénouement ? une condamnation à
mort ! Cela fait froid dans le dos et cause au
seuil de l'ouvrage la plus pénible impression.

L'accusée contre laquelle la justice vient
de rendre cet arrêt implacable est la *fille Elisa*
qu'il faut bien que nous vous présentions, chers
lecteurs, malgré tout le dégoût que nous cause
cette triste besogne.

La fille Elisa est née à La Chapelle, pays
cher aujourd'hui à M. Zola. De son père il n'est
point dit un mot dans la biographie que M. de
Goncourt consacre à son héroïne, d'où nous
sommes autorisé à conclure qu'elle n'en avait
point d'avoué ni d'avouable. En revanche, elle
avait une mère et quelle mère ! Sage-femme
à La Chapelle, la maman d'Elisa faisait tout
ce qui concernait son état, et Elisa, chétive et
malingre fillette, assistait à toutes les consul-
tations et à toutes les opérations de madame
sa mère.

---

(1) Préface de *La Fille Elisa*.

« Une abominable vie que la vie de la petite Elisa chez sa mère, écrit M. de Goncourt. L'effort (ici nous passons trois mots par trop réalistes) de la montée quotidienne de cinquante étages, les sorties de jour et de nuit par tous les temps que Dieu fait, les veilles, les privations de sommeil, les gardes dans les logis sans feu, la peine et l'éreintement d'une existence surmenée, les tenaient en l'irritation grondante des gens qui *triment* dans un métier d'enfer. Puis la copieuse nourriture et les verrées de vin, à l'aide desquelles la créature du peuple cherchait la réparation de ses forces par...» Pouah! arrêtons-nous là. Bref, en moins de sept années, la petite Elisa qui, avec nature frêle et délicate, était si peu faite pour grouiller dans un pareil milieu, la petite Elisa avait eu deux fois la fièvre typhoïde. La pauvre enfant (c'est toujours M. de Goncourt qui parle) malgré les trois années qu'elle avait passées chez les dames de Saint-Ouen (encore un argument en faveur des lois Ferry) avait été trop jeune excitée à tout ce que les enfants doivent ignorer, elle avait été trop maltraité surtout pour ne pas avoir hâte de déserter le toit maternel, risque à être contrainte de se réfugier *n'importe où.*

Enfin, l'heure d   délivrance sonna pour elle. Chaque année, au printemps, le 14 février, dit M. de Goncourt (il paraît que le printemps était alors plus précoce qu'aujourd'hui!) une opulente (prenez le mot dans le sens naturaliste) une opulente lorraine venait présenter son bras dodu à la lancette de Mme Alexandre, la maman d'Elisa. La *Lorraine* après une première faute, avait pu mettre à l'épreuve le talent et la discrétion de Mme Alexandre. Elle avait conservé un si bon souvenir de l'hospitalité si large que l'on recevait dans cette maison qu'elle y revenait périodiquement chaque année, le jour de la fête de Saint-Valentin qui devait être bien flatté de cette délicate attention.

La *Lorraine* et Elisa ne tardèrent pas à se lier d'étroite amitié et à se faire de mutuelles confidences. La *Lorraine* toujours gaie, toujours folâtre, exerçait en province une profession qui a plus de rapports avec la police, qu'avec aucun corps de métier. Elle était heureuse, ou tout au moins paraissait l'être. Elisa *en avait plein le dos de l'existence avec sa mère, » « l'ouvrage du bazar était trop* ABIMANT », elle voulait en finir coûte que coûte et « *elle avait pris son parti* DE DONNER DANS LE TRAVERS ». Elle avait donc prié et supplié sa provinciale amie de l'amener avec elle. « Maman, disait ingénuement Elisa, me croira avec un de mes danseurs de la *Boule-Noire* et, pendant le temps que durera son illusion, nous pourrons fuir ensemble. Qui fut dit fut fait et la *Lorraine* rentra chez sa patronne avec sa nouvelle recrue.

Par un de ces prodiges que le naturaralisme seul peut expliquer, Elisa, qui avait eu le malheur de naître dans la fange, Elisa, qui avait eu la débauche pour nourrice ; Elisa, cette jeune habituée des bals de barrière,

était vierge « *son corps était resté intact* »
au milieu de la pourriture dans laquelle elle
avait été élevée. Elle n'hésita pas cependant à
sacrifier ce bien si cher, ce bien plus précieux
que la vie, « *simplement,* dit M. de Goncourt,
*naturellement, presque sans soulèvement de
conscience.* »

Que nous voilà loin du temps où le plus fran-
çais de nos poëtes, donnant libre carrière à
son indignation, s'écriait :

> O chaos éternel ! prostituer l'enfance !
> Ne valait-il pas mieux, sur ce lit sans défense,
> Balafrer ce beau corps au tranchant d'une faulx,
> Prendre ce cou de neige et lui tordre les os ?
> Ne valait-il pas mieux lui poser sur la face
> Un masque de chaux vive avec un gant de fer,
> Que d'en faire un ruisseau limpide à la surface,
> Réfléchissant les fleurs et l'étoile qui passe,
> Et d'en salir le fond des poisons de l'enfer !

Nous avons parlé assez longuement de la
petite Elisa pour abandonner la *fille Elisa* au
seuil de la maison dont la porte vient de se
refermer sur elle. Nous ne nous ferons pas
les complices de M. de Goncourt, en ajoutant
aux guides-Conti le seul chapitre qui leur
manque, sous prétexte de suivre d'étape en étape
une héroïne qui, en changeant de résidence,
reste toujours la même, c'est-à-dire la prostituée
que Musset, auquel nous faisons ce dernier
emprunt, a si bien dépeinte dans les quatre
vers suivants :

> Voilà bien la sirène et la prostituée,
> Le type de l'égout, la machine inventée
> Pour désopiler l'homme et pour boire son sang,
> La meule du pressoir de l'abrutissement.

Enfin la fille Elisa finit par rentrer à Paris, où elle continue à exercer sa noble profession dans les différents quartiers de la capitale. Soudain, « cette *dernière entre les dernières* », « *celle inscrite à la police et dans tant de maisons de la province et de Paris* » est frappée au cœur, « *comme si elle n'avait pas* FAUTÉ, *comme une toute jeune honnête fille* », elle aime d'un amour *pur* et *chaste* et l'objet de sa passion est... un *simple lignard*.

Pends-toi, Randon, tu n'aurais pas trouvé celle-là !

C'est une idylle dans le goût de Théocrite et de Virgile !

Ne refusons pas à M. de Goncourt le plaisir de nous présenter lui-même le candide troupier dont la fille Elisa s'était subitement éprise, nous dirions *toquée* si nous avions le moindre penchant pour *l'argot réaliste* :

« Le soldat qui aimait Elisa n'avait d'un *lignard* que la tunique sur le dos. Il était, ainsi que s'exprime le peuple, *doux à parler*, et ses gestes avaient l'enveloppement d'un bras féminin. Il disait, en riant, qu'il devait cela, à l'habitude qu'il avait autrefois de tenir sous sa roulière, par les pluies froides, l'agneau dernier né de son troupeau. Car jusqu'au jour où il était tombé au sort, il avait été berger. Lui, ce fut lui, pendant bien des années, cette silhouette contemplative qu'on aperçoit à mi-côte des grandes landes, debout, le menton appuyé sur un long bâton et entouré du tournoiement fantastique d'un chien aux yeux de feu. Sa vie s'était passée dans le vent, la pluie, l'orage, les déchainements mystérieux des forces de la nature. Depuis l'âge de huit ans, ses yeux avaient vu les aubes et les crépuscules de chaque jour toutes les heures de la terre troubles et voilées, et pleines de visions et d'apparences et disposant l'esprit du berger à la croyance peureuse aux choses surnaturelles, et peuplant son imagination de toutes sortes de noires interventions des puissances occultes. Il était né sur une terre arriérée, en laquelle s'éternissait le passé d'une vieille province, dans un département lointain, encore sillonné d'antiques diligences, et où se dressait à chaque bifurcation de deux chemins une croix de pierre. Tous les dimanches, d'abord enfant, puis déjà grand garçon, il ôtait sa blouse pour passer la chemise blanche de l'enfant de chœur.

» Plus tard il était resté croyant en son catéchisme, captivé par tout le miraculeux qu'il enseigne, si bien que sous le soleil de midi, en plein champ, au milieu de ses moutons, il ne manquait jamais, chaque semaine, à l'heure le l'office, de lire sa messe, et là, perdu, absent, transporté dans une église idéale, il se prosternait, comme à l'élévation aux tintements de la clochette qui sonnait au cou rebelle du bélier de son troupeau. Cette ferveur se mêlait en lui, à ce mysticisme vague et confus que la solitude, la vie en plein air opposent parfois aux natures incultes.

Du reste il était sans lettres, n'avait jamais lu que des almanachs et deux ou trois petits livres d'un illuminisme tendre à la glorification de la Vierge Marie. Lorsque l'homme avait apparu dans le jeune homme, une part de cette religiosité s'était tournée vers la femme. Et ses amours d'abord chastes et dédaigneuses des compagnardes, et toutes à une délicate sainte, martyrisée dans un tableau d'une chapelle de sa montagne avaient brûlé en lui, dans un transport de la tête ressemblant à un embrasement divin. »

Arrêtons-nous-là et laissons M. de Goncourt respirer à son aise l'air pur des montagnes dont il doit avoir grand besoin après le voyage nauséabond qu'il vient de faire en compagnie de la fille Elisa. Si vous aimez les contrastes, chers lecteurs, soyez satisfaits. C'est cette fleur des champs, pure et suave, qui a fait battre pour la première fois le cœur jusqu'alors fermé de « *cette dernière des dernières* », comme elle se qualifie elle-même, de la prostituée de bas étage dont M. de Goncourt a fait son héroïne.

Elisa aime son *lignard* jusqu'à en perdre la tête, jusqu'à l'immoler (sans métaphore) sur l'autel de son amour et c'est dans un cimetière qu'elle accomplit ce sacrifice que le Code pénal, qui est encore moins poétique que les naturalistes, a qualifié assassinat

Vous avez maintenant l'explication de la sentence terrible prononcée contre la fille

Elisa que vous connaissez *dans toute sa beauté*.

Cependant, cette intéressante *meurtrière* ne porta pas sa tête sur l'échafaud. Elle languit d'abord dans les prisons cellulaires où son aimable mère, qu'elle n'avait pas revue depuis sa fuite avec la *Lorraine*, lui fit l'aumône d'une courte visite. Mme Alexandre profita de l'occasion qui s'offrait à elle pour présenter à Elisa, une petite-sœur, fleur tardive, éclose dans un champ toujours fécond.

Enfin M. de Goncourt, grâce à des protections administratives que nous sommes loin de lui envier, assiste, dans un asile d'aliénés, à l'agonie et à la mort de son héroïne.

Tel est ce livre AUSTÈRE ET CHASTE, dit M. de Goncourt, mauvais juge dans sa propre cause, MALSAIN, par le fond et par la forme, dirons-nous, qui a pour titre la *Fille Elisa*. M. de Gondourt prétend qu'en écrivant ce livre, il a surtout et avant tout entrepris une croisade contre cette pénalité du *silence continu* pratiquée dans les maisons cellullaires de femmes. Il nous paraît avoir singulièrement perdu de vue son but initial dans son roman.

De quelle utilité, en effet, peuvent être à cette thèse, avouable jusqu'à un certain point, les innombrables pérégrinations de la fille Elisa à travers les maisons publiques de Paris et de la province ? Il fallait nous la montrer de suite en prison et tâcher de nous la rendre intéressante par les mauvais traitements qu'elle y endurait avec résignation et repentir. Oui, mais alors le lecteur se serait détourné avec dédain de cette *étude*, tandis qu'en reléguant tout à fait au second plan la prétendue thèse philosophique, le lecteur suit avidement la fille Elisa *partout*... jusqu'à la prison exclusivement. Et cependant l'école réaliste appelle cela : *faire œuvre de moralisation*. Au nom de quelle morale enseigne-t-elle donc ? Tout homme qui vit sans Dieu et ne s'inquiète pas de l'âme, s'il est convaincu, s'il est logique, doit naturellement satisfaire toutes ses convoitises et tous ses appétits. Le seul frein qui puisse l'arrêter, c'est le code pénal. Un matérialiste qui agirait autrement ne serait pas sincère.

Que l'école réaliste cesse donc de nous parler de morale, de chasteté, toutes choses qu'elle ne saurait comprendre. Que ses *heureux* adeptes se contentent de battre monnaie avec le traversin des filles de joie ; qu'ils s'enrichissent dans la compagnie des Alphonses de barrière, libre à eux, si cela leur plait ! mais, encore une fois, qu'ils n'essaient pas de nous enseigner la morale dans les amphithéâtres de la débauche où ils trônent et pontifient.

M. EMILE ZOLA

D'AVANT L'*Assommoir*

En ce temps-là M. Emile Zola était un petit journaliste, connu seulement du boulevard. Il venait d'échapper à l'esclavage dans lequel le retenait depuis trop longtemps un grand libraire. Il n'avait rien inventé encore ; il ne pensait pas plus au naturalisme que d'aller se jeter à l'eau ; il n'était ni athée ni matérialiste, il se bornait à faire, ces bluettes charmantes, qu'on appelle : les *Contes à Ninon*. Plus tard il se sentit mordu au cœur par le serpent de la variété qui en a perdu tant d'autres avant lui. Il rêva d'être le Balzac de sa généra-tion et il entreprit son *histoire naturelle et sociale d'une famille sous le second empire* : LE ROUGON-MACQUART. *La fortune des Rougon, la Curée, le Ventre de Paris, la Conquète de Plassant* firent quelque bruit, sans placer pourtant leur auteur au premier rang des écrivains modernes. *La faute de l'abbé Mouret* reçut un accueil plus favorable du public. C'est de ce livre, qui a précédé *Son Excellence Eugène Rougon*, qui lui-même a précédé l'*Assommoir*, que nous voulons surtout parler. M. Emile Zola ne nous en voudra pas de cette prédilection qu'il partage lui-même, sans le

dire trop haut toutefois, pour ne pas faire tort
à son *Assommoir*.

L'auteur a partagé son œuvre en trois
parties. Nous adopterons cette division dans
notre analyse.

§ I

LE PRÊTRE D'AVANT LA FAUTE.

Nous sommes dans un presbytère de campagne. La première personne qui s'offre à
nous est la *Teuse*, une de ces servantes de cure
grognonnes, revêches, mais dévouées, dont le
portrait a été trop souvent tracé par nos
romanciers modernes pour que nous en impo-
sions une nouvelle épreuve à nos lecteurs.

L'abbé Mouret, un jeune et saint prêtre est en
train de se préparer à célébrer le saint sacrifice.
Ne faisons pas, comme l'importune et bavarde
Teuse, et respectons son recueillement... Il
revêt ses vêtements sacerdotaux, pauvres et
délabrées comme l'Eglise dans laquelle il va
tout à l'heure converser seul à seul avec son
Dieu...

Le voilà à l'autel qu'il baise.

« Derrière lui, la petite église restait blafarde
des pâleurs de la matinée. Le soleil n'était
encore qu'au ras des tuiles. Les *Kyrie Eleïson*
coururent comme un frisson dans cette sorte
d'étable passée à la chaux, au plafond plat,

dont on voyait les poutres badigeonnées. De chaque côté, trois hautes fenêtres, à vitres claires, fêlées, crevées pour la plupart, ouvraient des jours d'une crudité crayeuse. Le plein air du dehors entrait là brutalement, mettant à nu toute la misère du Dieu de ce village perdu. Au fond, au-dessus de la grande porte, qu'on n'ouvrait jamais, et dont les herbes barraient le seuil, une tribune en planches, à laquelle on montait par une échelle de meunier, allait d'une muraille à l'autre, craquant sous les sabots les jours de fête. Près de l'échelle, le confessionnal, aux panneaux disjoints, était peint en jaune citron. En face, à côté de la petite porte, se trouvait un ancien baptistère, un ancien bénitier, posé sur un pied en maçonnerie. Puis, à droite et à gauche, au milieu, étaient plaqués deux minces autels, entourés de balustrades de bois. »

Pendant que l'auteur poursuit la charmante description dont nous venons d'offrir le commencement à nos lecteurs, la messe du saint prêtre s'achève avec le lever du soleil. O disciples du naturaliste Zola, fermez les oreilles, détournez la tête, ceci n'a point été écrit pour vous.

« Ce fut alors que des flammes jaunes entrèrent par les fenêtres. Le soleil, à l'appel du prêtre, venait à la messe. (Il arrivait à l'*Orate fratres*, c'est-à-dire un peu tard, mais passons !) Il éclaira de larges nappes dorées la muraille gauche, le confessionnal, l'autel de la Vierge, la grande horloge. Un craquement secoua le confessionnal; la Mère de Dieu, dans une gloire, dans l'éblouissement de sa couronne et de son manteau d'or, sourit tendrement à l'Enfant-Jésus, de ses lèvres peintes; l'horloge réchauffée battit l'heure à coups plus vifs. Il sembla que le soleil peuplait les bancs des poussières qui dansaient dans ses rayons. La petite église, l'étable blanchie, fut comme pleine d'une foule tiède. Au dehors on entendait les petits bruits du réveil heureux de la campagne, les herbes qui soupiraient d'aise, les feuilles s'essuyant dans la chaleur, les oiseaux lissant leurs plumes, donnant un premier coup d'ailes. Même la campagne entrait avec le soleil : à une fenêtre un gros sorbier se haussait jetant des branches par les carreaux cassés, allongeant ses bourgeons, comme pour regarder à l'intérieur ; et, par les fentes de la grande porte, on voyait les herbes du perron, qui menaçaient d'envahir la nef. Seul, au milieu de cette vie montante, le grand Christ, resté dans l'ombre, mettait la mort, l'agonie de sa chair barbouillée d'ocre, éclaboussée de laque. Un moineau vint se poser au bord d'un trou ; il regarda, puis s'envola; mais il reparut presque aussitôt, et, d'un vol silencieux, s'abattit entre les bancs, devant l'autel de la Vierge. Un second moineau le suivit. Bientôt, de toutes les branches du sorbier, des moineaux descendirent, se promenant tranquillement, à petits sauts, sur les dalles. »

Pendant que la Teuse donne la chasse aux moineaux qui ont fait irruption dans l'église l'abbé Mouret est rentré à la sacristie et a dépouillé les saints ornements.

Le voilà chez lui. Nous pouvons donc l'aborder et faire connaissance avec lui.

L'abbé Mouret était, avant tout, une nature extatique par excellence. Elevé à l'ombre des autels dans l'ancien couvent de Plassans, « où pas un souffle ne vivait, » pendant des années, il n'avait pas connu le soleil. Les yeux sans cesse fixés vers le ciel, la seule patrie qu'il aimât, il n'avait que du mépris pour la nature damnée. Cette vie intime de cellule, dont il avait contracté l'habitude au séminaire, il aurait voulu la mener toujours. Il avait un penchant secret pour la solitude et le cloître dans lesquels « le ciel lui apparaissait tout blanc, d'un blanc de lumière, comme s'il neigeait des lis, comme si toutes les puretés, toutes les innocences, toutes les chastetés flambaient. » Après son ordination, on lui avait, sur sa demande, donné l'humble et pauvre cure des Artaud, où il espérait pouvoir réaliser son rêve « d'anéantissement humain. »

L'abbé Serge Mouret ne vivait pas seul aux Artaud. Il y avait amené avec lui sa jeune sœur, nature essentiellement primitive que M. Zola dépeint de la façon suivante :

« Désirée avait alors vingt-deux ans, grandie à la campagne, chez sa nourrice, une paysanne de Saint-Eutrope, elle avait poussé en plein fumier. Le cerveau vide, sans pensées graves d'aucune sorte, elle profitait du sol gras, du plein air de la campagne, se développant toute en chair, devenant une belle bête, fraiche, blanche, au sang rose, à la peau ferme, c'était comme une ânesse de race qui aurait eu le don de rire. Bien que pataugeant du matin au soir, elle gardait ses attaches fines, les lignes souples de ses reins, l'affinement bourgeois de son corps de vierge; si bien qu'elle était une créature à part, ni demoiselle, ni paysanne, une fille nourrie de la terre, avec une ampleur d'épaule et un front élevé de jeune déesse. »

Cette pauvreté d'esprit devait rapprocher Désirée des animaux. Elle n'était à l'aise que dans leur compagnie. Elle leur parlait, ils lui répondaient dans le seul langage qu'elle comprit, elle passait sa vie avec eux et son plus grand bonheur était de contraindre son cher frère, Serge, à venir faire visite à ses bêtes.

L'existence intérieure de l'abbé Mouret s'écoulait calme et paisible entre ces deux femmes : la Teuse et Désirée. Il n'y avait de vie, de mouvement, de tumulte même dans le presbytère que les jours où Frère Archangias y faisait une apparition si courte qu'elle fut. Quel homme, ou plutôt quel type que Frère Archangias, buvant et mangeant comme le Jean des Entommeures du curé de Meudon, de pantagruélique mémoire, et tonnant, vociférant sans cesse contre les *vauriens* des Artaud, ces *païens*, cette *graine de damnés* qui se condui-

saient en bête et auraient forniqué, comme il
le disait dans son brutal et expressif langage,
avec leurs pièces de terre, tant il les aimaient !

Par une matinée brûlante, l'abbé Mouret
regagnait son presbytère en récitant son
bréviaire, lorsqu'une voix sortie d'une voiture
qui suivait la grand'route, l'interpella en ces
termes :

— Eh ! Serge, Eh ! mon garçon !

C'était le docteur Pascal Rougon, son oncle,
qui courait chez le vieux Jeanbernat, l'intendant du Paradou, qui avait été, disait-on,
frappé d'un coup de sang dans la nuit.

L'abbé Mouret monta en cabriolet et accom-
pagna son oncle au Paradou où il croyait que
son ministère pouvait être de quelque utilité
au malade. Il se trompait étrangement.

Lorsque le docteur Pascal et l'abbé Mouret
arrivèrent au Paradou, ils trouvèrent, à leur
grande surprise, le vieux Jeanbernat, fumant
tranquillement sa pipe, comme le premier
Lepère venu, et regardant pousser ses légumes.

A la vue du prêtre, le front du père Jeanbernat se rembrunit tout à coup.

« Je ne veux pas de calotin chez moi, »
s'écria-t-il d'un ton rauque. « Ça suffit pour
faire crever les gens. Entendez-vous, docteur,
pas de drogues et pas de prêtres, quand je m'en
irai. »

Le docteur Pascal présenta alors son neveu
à Jeanbernat, qui daigna, en cette qualité seulement, le laisser pénétrer chez lui.

Bientôt la glace fut rompue entre les inter-
locuteurs. Le vieux voltairien daigna trinquer
et discuter avec « une soutane. »

Au moment où le docteur Pascal et son neveu
allaient prendre congé de leur hôte, une jeune
fille fit irruption dans la salle dans laquelle
ils se trouvaient. C'était Albine, « une fameuse
gourgandine », comme l'appelait son vieil oncle,
et que M. Zola nous présente de la façon
suivante :

« Albine avait une jupe orange, avec un
grand fichu rouge attaché derrière la taille,
ce qui lui donnait un air de bohémienne endi-
manchée. Elle riait, la tête renversée, la gorge
toute gonflée de gaieté, heureuse de ses fleurs,
des fleurs sauvages, tressées dans ses cheveux
blonds, nouées à son cou, à son corsage, à ses
bras minces, nus et dorés. Elle était comme
un grand bouquet d'une odeur forte. »

Le prêtre, à l'aspect de cette enfant blonde,
à la face longue, ardente de vie, s'était instinc-
tivement écarté. Elle lui « semblait la fille
mystérieuse et troublante de cette forêt entre-
vue dans une nappe de soleil. »

— Vous êtes le curé des Artaud, n'est-ce pas ?
lui dit Albine. Vous avez une sœur? J'irai la
voir... Seulement, vous ne me parlerez pas
du bon Dieu. Mon oncle ne veut pas.

— Tu nous ennuies, va-t'en, dit Jeanbernat
en haussant les épaules, et il daigna accompagner jusqu'au seuil de sa maison ses visi-
teurs. En prenant congé du docteur, il lui dit :

« Docteur, si vous me trouviez mort, un de ces quatre matins, rendez-moi donc le service de me jeter dans le trou au fumier, là, derrière mes salades... Bonsoir, messieurs.

En reconduisant son neveu, le docteur lui raconta l'histoire étrange d'Albine, qu'il ne savait pas si près de lui. La jeune fille, dès longtemps familiarisée avec les sentiers sinueux et escarpés du pays, s'était mise à la poursuite de la voiture du docteur qu'elle atteignit bientôt. Tout à coup, le docteur et l'abbé Mouret entendirent une voix de femme qui leur criait : « Au revoir, docteur ! au revoir, monsieur le curé !... J'embrasse l'arbre, l'arbre vous envoie mes baisers. »

En rentrant chez lui, l'abbé Mouret fut reçu par la Teuse furieuse d'un retard si préjudiciable à ses chères aubergines, auprès desquelles elle montait la faction depuis plusieurs heures. Le doux abbé essuya l'orage sans sourciller, avala « les semelles » que la tonitruante Teuse lui servit en guise d'aubergines et après avoir fait une courte visite aux chers animaux de Désirée, se retira dans sa chambre. Bientôt sa nature extatique reprit le dessus, il se mit à converser avec Marie, la Vierge adorable. Ces doux épanchements d'une âme pure, candide et suave avec la Vierge « toute bonne », « toute belle » et « toute-puissante » se prolongèrent jusqu'au moment où, à bout de force, « terrassé par la fièvre », l'abbé Mouret s'évanouit sur le carreau de sa chambre.

§ II

L'IDYLLE.

J'aime! — Voilà le mot que la nature entière
Crie au vent qui l'emporte, à l'oiseau qui le suit!
Sombre et dernier soupir que poussera la terre
Quand elle tombera dans l'éternelle nuit!
Oh! vous le murmurez dans vos sphères sacrées,
Étoiles du matin, ce mot triste et charmant!
La plus faible de vous, quand Dieu vous a créées,
A voulu traverser les plaines éthérées
Pour chercher le soleil, son immortel amant:
Elle s'est élancée au sein des nuits profondes.
Mais une autre l'aimait elle-même; et les mondes
Se sont mis en voyage autour du firmament.

(Alfred de Musset.)

Dans une chambre haute de plafond très-vaste, meublée d'un ancien meuble Louis XV, à bois peint en blanc, à fleurs rouges sur un semis de feuillages, au bord d'un grand lit, nonchalamment appuyé sur l'un de ses bras, un jeune homme semble dormir.

Assise près d'une console, vêtue de blanc, les cheveux serrés dans un fichu de dentelles, les mains abandonnées, une jeune fille veille sur le jeune convalescent.

Le jeune homme, nous l'appellerons désormais Serge; la jeune fille, c'est Albine.

Pendant sa maladie, Serge était devenu « très blanc, les yeux encastrés de bleu, les lèvres pâles: il avait une grâce de fille convalescente »

Tout à coup ses yeux s'ouvrent. Albine s'approche du lit pour mettre son visage à la hauteur de celui de son cher malade.

— Comment vas-tu ? lui murmure-t-elle de sa voix la plus douce. Ah ! comme j'ai souffert, que de larmes j'ai versées lorsque jai appris ta maladie... Comme j'ai embrassé ton oncle Pascal, lorsqu'il t'a amené ici pour ta convalescence ? Et elle bordait le lit, elle était maternelle.

— Sais-tu bien, ajoutait-elle, que le médecin te croyait perdu ? mais maintenant te voilà sauvé !... Il paraît que tu n'as plus besoin de drogues.... Tu as besoin d'être aimé.

— Tu es seule ? dit Serge, d'une voix douce et inquiète.

— Oui, répondit la jeune fille.

Serge lui prit sa main « douce comme la soie », il lui raconta les mauvais rêves qu'il avait faits pendant sa maladie, les terribles cauchemars qui avaient hanté son cerveau malade... Heureusement tout cela était fini, bien fini... « Il ne se rappelait de rien, il était réellement dans une heureuse enfance. Il croyait être né la veille. »

Enfin le soleil, après lequel soupiraient si ardemment les deux jeunes gens, chassa l'hiver; le convalescent put s'accouder à la fenêtre et converser de plus près avec la nature et bientôt il eut recouvré assez de forces pour accompagner sa chère Albine au Paradou.

Le Paradou ! Ecoutez la description qu'en fait M. Zola :

« Une mer de verdure, en face, à droite, à gauche, partout. Une mer roulant sa houle de feuilles jusqu'à l'horizon, sans l'obstacle d'une maison, d'un pan de muraille, d'une route poudreuse. Une mer déserte, vierge, sacrée, étalant sa douceur sauvage dans l'innocence de la solitude. Le soleil seul entrait là, se vautrait en nappe d'or sur les prés, enfilait les allées de la course échappée de ses rayons, laissait pendre à travers les arbres ses cheveux flambants, buvait aux sources d'une lèvre blonde qui trempait l'eau d'un frisson. Sous ce poudroiement de flammes, le grand jardin vivait avec une extravagance de bête heureuse, lâchée au bout du monde, loin de tout, libre de tout. C'était une débauche telle de feuillages, une marée d'herbes si débordante, qu'il était comme dérobé d'un bout à l'autre, inondé, noyé. Rien que des pentes vertes, des tiges ayant des jaillissements de fontaine, des masses moutonnantes, des rideaux de forêts hermétiquement tirés, des manteaux de plantes grimpantes traînant à terre, des volées de rameaux gigantesques s'abattant de tous côtés. »

C'est dans ce nouvel Éden que Serge et Albine, loin du bruit du monde, qui n'existe plus pour eux, vont chanter ensemble cette antienne de l'amour que les échos discrets du *Paradis terrestre* surprirent une première fois sur les lèvres d'Adam et d'Ève.

Ah! qu'il nous serait doux et agréable de pouvoir nous attacher aux pas de ces deux

innocentes et primitives créatures, et d'entendre leurs voix mélodieuses soupirer ces mots
dans lesquels se résumaient pour leurs âmes
candides toute la passion : « Que tu es beau !
que tu est belle ! Je t'aime !... je t'aime ! »

Je t'aime ! Ce mot magique ils le pronon-
cèrent pour la première fois au milieu des
rosiers en fleurs.

Ecoutez, chers lecteurs, la description que
fait M. Zola, de ce coin égaré du monde où
l'amour pur et chaste encore conduit pour la
première fois Serge et Albine.

« Je l'aime, dit Serge en l'attirant à lui.

Ils restèrent l'un à l'autre, dans leurs bras.
Ils ne se baisaient point, ils s'étaient pris par
la taille, mettant la joue contre la joue, mais,
muets, charmés de n'être plus qu'un. Autour
d'eux les rosiers fleurissaient. C'était une flo-
raison folle, amoureuse, pleine de rires rouges,
de rires roses, de rires blancs. Les fleurs vivan-
tes s'ouvraient comme des nudités, comme des
corsages, laissant voir les trésors des poitrines.
Il y avait là des roses jaunes effeuillant des
peaux dorées de filles barbares, des roses paille,
des roses citron, des roses couleur de soleil,
toutes les nuances des nuques ambrées par les
cieux ardents. Puis les chairs s'attendrissaient,
les roses thé prenaient des moiteurs adorables,
étalaient des pudeurs cachées, des coins de
corps qu'on ne montre pas, d'une finesse de
soie, légèrement bleuis par le réseau des veines.
La vie rieuse du rose s'épanouissait ensuite : le
blanc rose, à peine teinté d'une point de laque,

neige d'un pied de vierge qui tâte l'eau d'une
source; le rose pâle, plus discret que la blan-
cheur chaude d'un genou entrevu, que la lueur
dont un jeune bras éclaire un long manche; le
rose franc, du sang sous du satin; des épaules
nues, des hanches nues, tout le nu de la femme,
caressé de lumière; le rose vif, fleurs en boutons de la gorge, fleurs à demi ouvertes des
lèvres, soufflant le parfum d'une haleine tiède.
Et les rosiers grimpants, les grands rosiers à
pluie de fleurs blanches, habillaient toutes ces
roses, toutes ces chairs de la dentelle de leurs
grappes, de l'innocence de leur mousseline
légère; tandis que, çà et là, des roses lie de vin
presque noires, saignantes, trouaient cette
pureté d'épousée d'une blessure de passion.

Noces du bois odorant, menant les virginités
de mai aux fécondités de juillet et d'août; premier baiser ignorant, cueilli comme un bouquet
au matin du mariage. Jusque dans l'herbe des
roses mousseuses, avec leurs robes montantes
de laine verte, attendant l'amour. Le long du
sentier rayé de coups de soleil, des fleurs
rôdaient, des visages s'avançaient, appelant les
vents légers au passage. Sous la tente déployée
de la clairière, tous les sourires luisaient. Pas
un épanouissement ne se ressemblait. Les roses
avaient leur façon d'aimer. Les unes ne consen
taient qu'à entrebailler leur bouton, très-timi-
des, le cœur rougissant, pendant que d'autres,
le corset délacé, pantelantes, grandes ouvertes,
semblaient chiffonnées, folles de leur corps au
point d'en mourir. Il y en avait de petites,

alertes, gaies, s'en allant à la fête, la cocarde
au bonnet ; d'énormes, crevant d'appas, avec
des rondeurs de sultanes engraissées ; d'effron-
tées, l'air fille, d'un débraillé coquet, étalant
des pétales blanchies de poudre de riz ; d'honnêtes, décolletées en bourgeoises correctes ;
d'aristocratiques, d'une élégance souple, d'une
originalité permise, inventant des déshabillés.
Les roses épanouies en coupe offraient leur
parfum comme dans un cristal précieux ; les
roses renversées en forme d'urne le laissaient
couler goutte à goutte ; les roses rondes, pareilles à des choux, l'exhalaient d'une haleine régu-
lière de fleurs endormies ; les roses en boutons
serraient leurs feuilles, ne livraient encore que
le soupir vague de leur virginité. »

Se peut-il imaginer rien de plus suave, de
plus exquis, de plus poétique que ce charmant
tableau dans lequel l'auteur a su marier avec
tant d'art les riches couleurs de sa merveilleuse
palette ! Ah ! Monsieur Zola, de ce naturalisme-
là, j'en redemande encore, j'en redemanderai
toujours !

Après avoir, comme Daphnis et Chloé « joué
aux amoureux avec une puérilité de gamins » ;
après avoir longtemps « bégayé la passion »,
Albine la première, (la femme est toujours plus
précoce !) Albine trouva enfin ce qu'ils cherchaient depuis si longtemps. La nouvelle Eve
conduisit le nouvel Adam sous « un arbre de
vie qui devait, disait-elle à Serge, les rendre
plus forts, plus sains, plus parfaits. »

Ce fut là, en effet, que se termina l'idylle, au

milieu « de cette solitude nuptiale, toute peuplée
d'êtres embrassés, chambre vide, où l'on sentait
quelque part, derriére des rideaux tirés, dans
un accouplement, la nature assouvie aux bras
du soleil. »

« Et le jardin entier dit M. Zola, s'abima
dans un dernier cri de passion. Les troncs
se ployèrent comme sous un grand vent, les
herbes laissèrent échapper un sanglot d'ivresse,
les fleurs évanouies, les lèvres ouvertes
exhalèrent leur âme; le ciel lui-même tout
embrasé d'un coucher d'astre, eut des nuages
immobiles, des nuages pâmés, d'où tombait un
ravissement surhumain ».

Consummatum est !

Soudain, comme autrefois dans le paradis
terrestre, après la faute de nos premiers
parents, une voix se fait entendre ! c'est
celle du frère Archangias qui crie d'une voix
tonnante : Au nom de Dieu ! au nom de Dieu !
fuyez !

— M'aimes-tu ? m'aimes-tu ? s'écrie à son
tour d'une voix ardente, l'amante éplorée de
Serge. Et Serge, fasciné cette fois par le
langage et l'attitude du père Archangias quitte
le Paradou pendant qu'Albine, la gorge brisée
de sanglots, disparait au milieu des arbres
« dont elle battait les troncs de ses cheveux
dénoués. »

§ III

LE RÉVEIL.

Tout à la cure des Artaud a repris sa physionomie ordinaire. La Teuse est toujours aussi grondeuse et aussi bavarde ; Désirée est plus que jamais absorbée par ses bêtes dont la famille s'est accrue d'un porc et d'une vache, derniers présents de son bon frère Serge. L'abbé Mouret, plus que jamais dévoré par le zèle de la maison de Dieu, se dévoue, corps et âme, au salut de ses frères, les pauvres habitants des Artaud que frère Archangias traite toujours aussi durement.

Tout entier à son ministère, l'abbé Mouret évitait les longues promenades qu'il faisait avant sa maladie. Il se fit successivement maçon, menuisier et peintre, pour donner à son activité débordante l'aliment dont elle avait besoin et qu'il ne voulait plus chercher au dehors. Toutes les économies du bon prêtre furent absorbées par les réparations qu'il entreprit ainsi et exécuta lui-même dans son église.

Du Paradou il n'était plus question. Une fois seulement l'abbé Mouret, en compagnie du frère Archangias, avait rencontré le vieux Jeanbernat qui les avait agonisés de sottises. Mais, comme bien vous le pensez, frère Archangias, qui avait la riposte vive, prompte et dure, avait amplement rendu la monnaie de sa pièce au vieux « bandit. »

A quelque temps de là, le docteur Pascal était venu voir son neveu et lui parler d'Albine dont la santé l'inquiétait et qui avait besoin de beaucoup de ménagements, disait-il. L'abbé Mouret avait répondu simplement à son oncle : « Je suis prêtre, je n'ai que des prières, » et puis ce fut tout jusqu'au jour…..

Vous souvient-il, lecteurs, de la première rencontre d'Eudore et de Cymodocée, une des plus belles pages de la littérature française au dix-neuvième siècle ?

Le fils de Larthénès, harrassé de fatigue, s'est arrêté, la nuit, au milieu d'une forêt et sous la garde du Dieu des chrétiens auquel il est revenu meurtri et repentant comme Augustin son compagnon de débauche, il s'est couché au bord d'une fontaine.

Au travers des grands arbres, de l'épaisse feuillée, la lune tamise ses rayons discrets et argentés sur ce jeune homme « pensif comme l'amour, beau comme le génie ». Dans son sommeil il est « si candide et si frais que l'ange d'innocence baiserait sur son front la beauté de son cœur. »

La fille de Démodocus venant à passer à côté du jeune homme, qu'elle prend pour un Dieu, s'arrête interdite et sans voix.

Eudore s'éveille.

— Tu es Endymion, lui dit Cymodocée, ou quelque Dieu qui vient visiter les faibles humains ?

— Je ne suis qu'un pauvre pêcheur, répond le fils de Lasthénès. Mais vous, qui êtes-vous ?

— Je suis la fille d'Homère, le poète aux chants sublimes.

— Je connais un plus beau livre que le sien, répond simplement Eudore.

Et le dialogue se poursuit sur ce ton élevé entre la prêtresse des faux dieux et le disciple du vrai Dieu.

Sans viser à un effet aussi grandiose, M. Zola nous a ménagé une scène d'un grand effet cependant dans la rencontre de l'abbé Mouret et d'Albine.

C'était un dimanche dans la soirée, seul dans sa pauvre église, l'abbé Mouret priait prosterné « au pied du grand Christ saignant ». Tout à coup, Albine lui pose la main sur l'épaule.

— Serge, dit-elle, je viens te chercher.

Le prêtre resta à genoux, se signa et continua à prier.

Albine devint plus pressante...

— Ce n'est pas ici votre place, lui dit gravement le prêtre.

— Voyons, suis-moi ! Serge, continue la jeune fille, nous irons où tu voudras, au bout du monde... Rappelle-toi... tes mains sont à moi, je les ai serrées pendant des jours dans les miennes. Et ton visage, tes lèvres, tes yeux, ton front, tout cela est à moi, entends-tu, Serge.

— Non, vous vous trompez, je suis à Dieu, répondit le prêtre.

— Oh ! murmura Albine, tu me fais peur...

m'as-tu cru morte, que tu as pris le deuil? Enlève ce noir, mets une blouse. Tu retrousseras les manches, nous pêcherons encore les écrevisses... Tes bras étaient aussi blonds que les miens.

Elle avait porté la main sur la soutane, comme pour en arracher l'étoffe. Lui, la repoussa du geste, sans la regarder.

— Je ne puis vous entendre ici, lui dit-il.... Votre présence en cet endroit est un scandale, nous sommes chez Dieu.

— Tu mens, tu ne m'aimes plus, ton Dieu n'existe pas.

— Vous êtes chez lui, répéta l'abbé Mouret avec force. Vous blasphémez. D'un souffle, il pourrait vous réduire en poussière.

— Alors, dit-elle, tu préfères ton Dieu à moi?

— Va-t'en, balbutia-t-il. Si tu m'aimes encore, va-t'en... et il appela de nouveau le Seigneur à son aide.

— Moi, je ne sais pas, reprit Albine d'une voix calme. L'oncle Jeanbernat me défendait de venir à l'église. Je regardais dans les nids sans toucher aux œufs. Je ne cueillais pas même les fleurs, de peur de faire saigner les plantes. Tu sais que jamais je n'ai pris un insecte pour le tourmenter... Alors, pourquoi Dieu serait-il en colère après moi?

— Il faut le connaître, le prier, lui rendre à chaque heure les hommages qui lui sont dus, répondit le prêtre.

— Cela te contenterait, n'est-ce pas? reprit-elle. Tu me pardonnerais, tu m'aimerais encore ?... Eh bien ! je veux tout ce que tu veux. Parle-moi de ton Dieu, je croirai en lui, je l'adorerai...

L'abbé Mouret, montra sa soutane et dit :

— Je suis prêtre... j'ai péché, je fais pénitence.

— Mais, dit Albine, ici tu es dans une fosse.

— Non, dit le prêtre, l'église est grande comme le monde. Dieu y tient tout entier et s'étant relevé « avec une flamme dans les yeux » il prit Albine par la main et l'emmena devant les images douloureuses du chemin de la croix... Il lui montra Jésus battu de verges... Jésus couronné d'épines... Jésus insulté par ses bourreaux... Jésus succombant sous le poids de sa croix... Jésus attaché à la croix.

— Oh! viens, dit Albine, nous aimerons dans l'amour de tout.

— Jésus, qui est mort pour nous, s'écria le prêtre, dites-lui donc que nous sommes poussière, ordure et damnation et il ponssait Albine violemment vers la porte de l'église.

Elle était sur le seuil — écoute, lui dit-elle, tous les jours, quand le soleil se couche, je vais au bout du jardin, où la muraille est écroulée... je l'attends.

Elle dit et disparut.

Une seule fois, au soleil couchant, l'abbé Mouret avait repris le chemin du Paradou où, près de la muraille écroulée, il trouva Albine à son poste... cette fois ce fut Albine qui le chassa.

Une après-midi un cheval s'arrêta à la porte du bresbytere,

— Serge est-il là ? demanda le docteur Pascal.

— Monsieur le curé est dans sa chambre, répondit la veuve.

— Vous lui direz de ma part qu'Albine est morte ! Il disparut, mais bientôt revint sur ses pas et ajsuta : — Vous lui direz aussi de ma part qu'elle était enceinte.

Le lendemain, devant une fosse béante, l'abbé Mouret achevait le *De Profundis*. Il s'approcha ensuite du cercueil dans lequel on avait déposé le corps glacé d'Albine... Il se redressa, le regarda un instant sans un battement de paupière. « Il semblait plus grand, il avait une sénérité de visage qui le transfigurait, il se releva, ramassa une poignée de terre qu'il sema sur la bière en forme de croix, et il dit d'une voix si claire, que pas une syllabe ne fut perdue :

— *Revertitur in terram suam unde erat et spiritus redit ad Deum qui dedit illum.*

Et maintenant, il nous faut, à notre grand regret, nous séparer de l'abbé Mouret. Le lecteur ne saurait nous en vouloir de nous être si longuement et si complaisamment étendu sur une œuvre par laquelle M. Zola, qui est expert en la matière, a toujours eu une affection particulière.

Entre le presbytère des Artaud et l'*Assommoir*, il n'y a que la main dans l'œuvre de M. Zola. Le naturalisme seul (si naturalisme il y a dans la *Faute de l'abbé Mouret*) peut se permettre de pareilles et si brusques transitions.

VII

L'Assommoir.

Nous avons suivi pas à pas cette littérature sans idée qui part de *Mme Bovary*, pour aboutir en dévalant à l'*Assommoir*.

M. Zola a attaché à ce roman, comme à un clou, un haillon de système qui pendille dans trois pages de préface.

« J'ai voulu peindre dans l'*Assommoir*, écrit-il, la déchéance fatale d'une famille ouvrière, dans le milieu empesté de nos faubourgs. Au bout de l'ivrognerie et de la fainéantise, il y a le relâchement des liens de la famille, les ordures de la promiscuité, l'oubli progressif des sentiments honnêtes, puis comme dénouement la honte et la mort. C'est de la morale en action, simplement. »

Dans la préface de la *Fille Elisa*, M. Edmond de Goncourt avait écrit carrément :

« Ce livre, j'ai la prétention de l'avoir fait AUSTÈRE et CHASTE, sans que jamais la page échappée à la nature délicate et brûlante de mon sujet, apporte autre chose à l'esprit de mon lecteur qu'une méditation triste. »

M. Zola s'écrie avec non moins d'assurance dans la préface de l'*Assommoir* :

« L'*Assommoir* est à coup sûr LE PLUS CHASTE de mes livres. Souvent j'ai dû toucher à des plaies autrement épouvantables. La forme seule a effaré. On s'est fâché contre les mots. Mon crime est d'avoir eu la curiosité littéraire de ramasser et de couler dans un moule très travaillé la langue du peuple. »

Nous ne voulons pas, dès le début de cette étude, troubler la quiétude de M. Zola, nous ajournerons donc à plus tard la critique et la discussion.

Et maintenant, lecteurs, armez-vous de courage pour nous suivre dans l'*Assommoir* de M. Zola.

Dans une des pages les plus intéressantes de son *étude*, M. Zola conduit la noce *Coupeau-Gervaise* au *Musée du Louvre*. On ne savait comment tuer le temps, en attendant l'heure du repas *pantagruélique* qui est le complément nécessaire et indispensable des noces *chez le peuple*, lorsque M. Madinier, un malin, eut l'heureuse idée de conduire ses *co-noceurs* au Louvre. Pénétrons à notre tour dans le *Musée Tusseaud*, qui s'appelle l'*Assommoir*. Nous n'y serons pas toujours à la noce ; seulement, comme nous n'aurons pas M. Madinier pour *cicerone*, nous pourrons réserver notre curiosité et au besoin notre admiration pour des sujets moins croustillants et moins égrillards que la *Kermesse flamande* de Rubens. C'est donc une collection de portraits et de tableaux qui va défiler sous nos yeux.

§ I

GERVAISE.

Elle avait treize ans lorsqu'elle s'accoupla avec Lantier. Tous deux habitaient Plassans, près de Marseille. Elle demeurait chez le père Macquart qui, pour un oui, pour un non, « lui allongeait des coups de pied dans les reins. » A quatorze ans, elle était mère pour la première fois. Lantier, *son homme*, en avait alors dix-huit.

Lorsqu'ils émigrèrent à Paris, ils avaient deux enfants, deux garçons : Claude et Etienne.

Lantier, qui « était très-bien » lorsqu'il habitait Plassans, s'était, à Paris, métamorphosé du tout au tout. Il était devenu ambitieux, dépensier ; il ne songeait qu'à s'amuser. Il avait englouti en un clin-d'œil les dix-sept cents francs que sa mère lui avait laissés en mourant. Descendu avec sa famille (?) à l'*Hôtel Montmartre*, rue Montmartre, lors de son arrivée à Paris, il *nichait* maintenant à l'*Hôtel Boncœur, tenu par Marsouiller.* Cet hôtel se trouvait sur le boulevard de la Chapelle, à gauche de la barrière Poissonnière. « C'était une masure à deux étages, peinte en rouge lie de vin jusqu'au second, avec des persiennes pourries par la pluie. »

Au moment où commence le roman de M.

Zola, Gervaise, anxieuse et inquiète, attend en vain Lantier qui *découche* pour la première fois.

« Gervaise n'avait que vingt-deux ans. Elle était grande, un peu mince, avec des traits fins, déjà tirés par les rudesses de sa vie. Dépeignée, en savates, grelottant sous sa camisole blanche où les meubles avaient laissé de leur poussière et de leur graisse, elle semblait veillie de dix ans par les heures d'angoisse et de larmes qu'elle venait de passer. »

Après s'être jetée toute habillée sur son lit, elle se lève bientôt et le cœur gros et les yeux remplis de larmes, elle se met à la fenêtre de son taudis pour guetter le retour de l'infidèle. Elle se décide enfin à sortir pour tâcher de retrouver sa piste. Pour la première fois, elle rencontre Coupeau, (qui depuis, mais alors Coupeau était un honnête ouvrier). Il s'apitoie sur son sort lamentable et lui prodigue ses meilleures consolations. Gervaise assiste alors au réveil du *Paris-Ouvrier*, du Paris qui travaille.

Le tableau que M. Zola a tracé de la Barrière Poissonnière à cette heure matinale de la journée est des plus réussis :

« A la barrière, le piétinement de troupeau continuait dans le froid du matin. On remarquait les serruriers à leurs bourgerons bleus, les maçons à leurs cottes blanches, les peintres à leurs paletots, sous lesquels de longues blouses passaient. Cette foule, de loin, gardait un effacement plâtreux, un ton neutre où dominaient le bleu déteint et le gris sale. Par moment un ouvrier s'arrêtait, rallumait sa pipe, tandis qu'autour de lui les ouvriers marchaient toujours, sans un rire, sans une parole dite à un camarade, les joues terreuses, la face tendue vers Paris, qui, un à un, les dévorait par la rue béante du Faubourg - Poissonnière. Cependant, aux deux coins de la rue des Poissonniers, à la porte des deux marchands de vin qui enlevaient leurs volets des hommes ralentissaient le pas ; et, avant d'entrer, ils restaient au bord du trottoir, avec des regards obliques sur Paris, les bras mous, déjà gagnés à une journée de flâne. Devant les comptoirs, des groupes s'offraient des tournées, s'oubliaient là, debout, emplissant les salles, crachant, toussant, s'éclaircissant la gorge à coups de petits verres. »

De guerre lasse, Gervaise qui n'avait pas découvert Lantier dans le flot humain qu'elle venait de traverser était rentré dans son modeste réduit lorsque *son monsieur* entra tranquillement.

A ses larmes, il répondit par des bordées d'injures et après l'avoir contrainte à « porter au clou » les dernières nippes qu'il avait pu ramasser dans les coinsde son taudis, il avait pris la pièce de cent sous qu'elle avait rapportée du Mont-de-Piété et s'était mis au lit.

Il était alors dix heures du matin. Après avoir recommandé à *ses petits* d'être bien sages, Gervaise se rendit au lavoir que M. Zola nous dépeint de la façon suivante :

« C'était un immense hangar, à plafond plat, à poutres apparentes, monté sur des pilliers de fonte, fermé par de larges fenêtres claires. Un plein jour blafard passait librement dans la buée chaude suspendue comme un brouillard laiteux. Des fumées montaient de certains coins, s'étalant, noyant les fonds d'un voile bleuâtre. Il pleuvait une humidité lourde, chargée d'une odeur savonneuse ; et, par moments, des souffles plus forts d'eau de javelle dominaient. Le long des batteries, aux deux côtés de l'allée centrale, il y avait des files de femmes, les bras nus jusqu'aux épaules, le cou nu, les jupes raccourcies montrant des bas de couleurs et de gros souliers lacés. Elles tapaient furieusement, riaient, se renversaient pour crier un mot dans le vacarme, se penchaient au fond de leurs baquets, ordurières, brutales, dégingandées, trempées comme par une averse, les chairs rougies et fumantes. Autour d'elles, sous elles, coulait un grand ruissellement, les seaux d'eau chaude promenés et vidés d'un trait, les robinets d'eau froide ouverts, puisant de haut, les éclaboussements des battoirs, les égouttures des linges rincés, les mares où elles pataugeaient s'en allant par petits ruisseaux sur les dalles en pente. Et au milieu des cris, des coups cadencés, du bruit murmurant de pluie, de cette clameur d'orage s'étouffant sous le plafond mouillé, la machine à vapeur, à droite, toute blanche d'une rosée fine, haletait et ronflait sans relâcher, avec la trépidation dansante de son volant qui semblait régler l'énormité du tapage. »

C'est là, dans ce lavoir, que Gervaise rencontra pour la première fois la grande Virginie et que toutes deux y lavèrent leur linge sale en famille. Nous épargnerons à la pudeur de nos lecteurs et surtout de nos lectrices, le récit du triple duel *aux gros mots*, aux *seaux d'eau* et *au battoir* qui eut lieu alors entre Gervaise et la grande Virginie et qui se termina à la grande honte et à la grande confusion de cette dernière.

Rentrée chez elle fatiguée et meurtrie, Gervaise trouva la cage vide ; l'oiseau s'était envolé.

Trois semaines plus tard, un jour de beau soleil, vers onze heures et demie, Gervaise et Coupeau « mangeaint ensemble une prune » à l'*Assommoir* du père Colombe.

Qu'était-ce que cet *Assommoir* ?

« L'*Assommoir* du père Colombe se trouvait au coin de la rue des Poissonniers et du boulevard Rochechouart. L'enseigne portait, en longues lettres bleues, le seul mot : *Distillation*, d'un bout à l'autre. Il y avait à la porte, dans deux moitiés de futailles, des lauriers roses poussiéreux. Le comptoir énorme, avec ses files de verres, sa fontaine et ses mesures d'étain, s'allongeait à gauche en entrant ; et la vaste salle, tout autour, était ornée de gros tonneaux peints en jaune, clair, miroitant de vernis, dont les cercles et tonnelles de cuivre luisaient. Plus haut, sur des étagères, des bouteilles de liqueurs, des bocaux de fruits, toute sortes de fioles en bon ordre, cachaient les murs, reflétaient dans la glace, derrière le comptoir, leurs tâches vives, vert pomme, or pâle, laque tendre.

» Mais la curiosité de la maison était au fond de l'autre côté d'une barrière de chêne, dans une cour vitrée, l'appareil à distiller que les consommateurs voyaient fonctionner, des alambics aux longs cols, des serpentins descendant sous terre une cuisine du diable devant laquelle venaient rêver les ouvriers soulards.

» A cette heure du déjeuner, l'Assommoir restait vide. Un gros homme de quarante ans, le père Colombe, en gilet à manches, servait une petite fille d'une dizaine d'années qui lui demandait quatre sous de goutte dans une tasse. Une nappe de soleil entrait par la porte, chauffait le parquet toujours humide des crachats des fumeurs. Et du comptoir, des tonneaux de toute la salle, montait une odeur liquoreuse, une fumée d'alcool qui semblait épaissir et griser les poussières veloutées du soleil. »

C'est dans cet antre de débauche, dans ce

milieu infect et repoussant, que Coupeau commence à faire sa cour à Gervaise. Que ne
doit-on pas attendre d'une liaison qui a pour
berceau l'Assommoir du père Colombe ?

Chaque fois que Coupeau rencontrait Gervaise il l'entretenait de sa flamme, il ne manquait jamais de lui parler de Lantier et d'établir
entre le passé et le futur un parallèle qui
n'était certainement pas à l'avantage du passé.

Bref après avoir longtemps filé le parfait
amour, Coupeau, n'y tenant plus, proposa à
Gervaise de l'épouser devant M. le maire et
même devant M. le curé.

Gervaise déclina d'abord le grand honneur
que lui faisait Coupeau et finit par céder.
Bientôt elle devint madame Coupeau.

Les premières années de cette union furent
tissées d'or et de soie. Coupeau et Gervaise
travaillaient à l'envi l'un de l'autre pour
amasser un petit pécule qui leur permit de se
loger moins à l'étroit. Dieu, auquel on ne
pense jamais que pour l'insulter dans le
roman de M. Zola, Dieu avait béni l'union de
ces *honnêtes mécréants* et une petite fille,
Nana, leur était née après quatre ans de
mariage.

Enfin à force de travail et d'économie, le rêve
dès longtemps caressé par Gervaise allait
pouvoir se réaliser : elle aurait une boutique à
elle. Le bail était fait et signé, l'on n'avait plus
qu'à aller s'installer dans le nouveau domicile,
lorsque (ô fatalité !) le zingueur tomba d'un
troisième sur le pavé sous les yeux mêmes

de Gervaise et de Nana qui étaient venues le chercher à son chantier. Gervaise éperdue, hors d'elle-même, la gorge déchirée d'un grand cri, resta les bras en l'air. Des passants accoururent, un attroupement se forma. L'on transporta Coupeau chez un pharmacien, au coin de la rue des Poissonniers, et bientôt, Gervaise un peu reprise de sa première émotion, fit conduire son mari rue Neuve-de-la-Goutte-d'Or.

La maladie de Coupeau fut longue, très-longue. Gervaise le soigna avec le plus parfait dévouement. Au bout de deux mois Coupeau put enfin commencer à se lever; bientôt il put sortir.

Gervaise s'était remise résolument au travail. La maladie de son mari avait absorbé toutes les faibles économies du ménage, Coupeau à peine convalescent ne pouvait espérer reprendre son travail avant longtemps, il fallait donc qu'elle *trimât* pour deux. Elle dorlotait son cher convalescent qui prit bien vite goût à ce genre de traitement, elle lui glissait même des pièces de vingt sous dans son gilet. Coupeau trouvait ça tout naturel et six mois après lui, qui avant sa maladie était si laborieux et si sobre promenait encore sa convalescence de cabaret en cabaret. Heureusement que Gervaise put s'installer dans son nouveau domicile de la rue de la Goutte-d'Or, où son commerce devint bientôt prospère. Dès la seconde quinzaine, elle avait dû prendre deux ouvrières, Mme Putois et la grosse Clémence et ce que, à elles trois, elles abattaient de besogne était phénoménal.

Cependant, Coupeau s'était remis machinalement au travail. Mais son nouveau chantier était si loin, là-bas tout au bout de Paris, et il y avait tant de camarades sur la route qui y conduisait, qu'il arrivait les trois quarts du temps que dans l'après-midi, après avoir *fait la noce* avec *Mes-Bottes* ou d'autres joyeux compagnons, il rentrait au logis complétement ivre.

De son côté, Gervaise devenait plus friande et plus portée sur sa bouche. C'était à tous propos des festins dans la boutique de la blanchisseuse. On se ruinait en fêtes, on inventait des saints à fêter, pendant que la dévotion de Coupeau pour le dieu des ivrognes grandissait chaque jour. A la fin d'une de ces *ripailles*, Lantier, qu'on n'avait pas revu depuis des années, avait obtenu de Coupeau, déjà abruti aux trois quarts par l'ivresse, ses grandes et ses petites entrées rue de la Goutte d'Or. Bientôt même, toujours sur les instances du zingueur, qui avait les libations tendres et généreuses, il était venu s'installer chez les Coupeau comme locataire et comme pensionnaire. Le passé et le présent personnifiés dans ces deux êtres avec toutes leurs horreurs et leurs plaies saignantes encore avaient trouvé Gervaise indifférente. Ainsi placée entre le séducteur qui l'avait lâchement abandonnée et l'ivrogne qu'elle s'était donné pour mari, elle n'éprouvait ni rancune, ni horreur, ni dégoût, elle n'avait que des sourires et des complaisances pour chacun d'eux. Mais ne pénétrons pas trop avant dans les secrets de ce ménage à trois et tirons bien vite le rideau sur ces « ordures de la promiscuité. »

De la gourmandise à l'ivresse, il n'y a que la main. Coupeau ne quittait plus l'assommoir du père Colombe. Gervaise finit par l'y suivre. Elle tâta elle aussi « du camphre du père Colombe »; le « vitriol » la guérissait de la faim ; car non seulement le ménage Coupeau avait dû abandonner la boutique de la rue de la *Goutte d'Or*, mais il était criblé de dettes, et n'avait le plus souvent rien à se mettre sous la dent. Gervaise était à trop bonne école pour ne pas profiter vite, bientôt « elle sifflait à tirelarigot. »

Placée entre ces deux ivrognes dont l'un la battait comme plâtre et dont l'autre l'agonisait de sottises, Nana ne pouvait manquer de mal tourner. Chaque fois qu'elle en trouvait l'occasion, elle désertait la maison paternelle(?) pour courir la pretentaine. Enfin, comme ici bas toute chose à une fin, même les ivrognes Gervaise, après en avoir été réduite à faire le trottoir dans les quartiers excentriques ; après avoir vu « claquer » *son homme* à Sainte-Anne, Gervaise mourut « de misère, des ordures et des fatigues de sa vie gâtée. »

« Un matin, dit M. Zola, comme ça sentait mauvais dans le corridor, on se rappela qu'on ne l'avait pas vue depuis deux jours ; et on la découvrit déjà verte dans sa niche. »

Le soir de ses noces, en regagnant avec

Coupeau sa modeste chambrette, Gervaise avait croisé dans l'escalier un vieux croque-mort, le père Bazouge, un ivrogne de profession, dont la vue l'avait épouvantée.

Comme l'ouvrage avait donné ce jour-là, le croque-mort avait rudement « graissé les roues », il était donc un peu plus ivre que de coutume, sans avoir pour cela perdu un grain de son dédain philosophique. Il essaya donc de rassurer Gervaise qui se détournait de lui avec horreur.

« Ça ne nous empêchera pas d'y passer, ma petite... lui dit-il... Oui. j'en connais des femmes, qui diraient merci si on les emportait. »

Ce fut ce même père Bazouge qui vint avec la caisse des pauvres, pour « emballer » Gervaise.

Avant de refermer la bière.

« Tu sais... Ecoute-bien... dit-il à la morte... c'est moi, Bibi-la-Gaieté, dit le consolateur des dames... va, t'es heureuse. Fais dodo, ma belle ! »

Telle fut l'oraison funèbre de Gervaise !

§ II

LANTIER.

Avant d'être Mme Coupeau, Gervaise avait été la maîtresse de Lantier. Ils s'étaient connus, à Plassant, et ils étaient venus ensemble à Paris, trainant à leur suite leurs deux enfants. Au moment où commence le roman de M. Zola, le couple Lantier habite l'*Hôtel Boncœur*. Le *mâle*, chapelier de son état, mais « paresseux avec délices », comme Figaro, vient de découcher pour la première fois. Il rentre cependant au logis, mais pour le déserter bientôt définitivement. Après avoir pris sans vergogne la pièce de cent sous que Gervaise a rapportée du Mont-de-Piété, Lantier s'est couché un instant. Sa femme une fois partie, il s'est levé, a fait une battue dans tous les coins et recoins de son taudis, a vidé les tiroirs de la commode dans sa malle et s'en est allé. Il n'a laissé dans la chambre que ses enfants... et un fichu de femme, tordu comme une ficelle et pendu à un clou de la cheminée. Il a tout pris, tout... Il a même achevé « la pommade, deux sous de pommade dans une carte à jouer. »

Lantier avait, à cette époque, vingt-six ans. « C'était un garçon petit, très-brun, d'une jolie figure, avec de minces moustaches, qu'il frisait toujours d'un mouvement machinal de la main. Il portait une cotte d'ouvrier, une vieille redingote tachée qu'il pinçait à la taille et avait en parlant un accent provençal très prononcé. »

A partir de ce jour, Lantier mena un genre de vie dont on trouve mille définitions dans le dictionnaire de l'*Assommoir* et aucune dans le dictionnaire de la bonne et honnête société.

Nous avons dit plus haut dans quelles circonstances cet habitué de la *Reine-Blanche*, de la *Boule-Noire*, du *Grand Salon de la Folie*, du *Grand-Turc*, de l'*Elysée-Montmartre*, du *Château-Rouge*, de l'*Ermitage*, du *Bal Robert* et autres lieux de délices et d'entrechats, avait retrouvé Gervaise, *son ancienne*, à laquelle Coupeau, *son successeur*, avait tenu à honneur de le *représenter* lui-même. On n'était pas plus galant ni moins jaloux ! Lantier, fidèle à ses bonnes habitudes, s'était laissé héberger et entretenir par le ménage Coupeau, dont il faisait désormais partie intégrante, et un soir, pendant que Coupeau, ivre-mort, se roulait dans son vomissement, il avait renoué avec Gervaise..... Cette odieuse promiscuité dura aussi longtemps qu'il y eut de l'argent à la maison. Lorsque la misère et son triste cortège firent irruption chez les Coupeau, Lantier, qui avait toujours un amour sur la planche, aida *ses amis* à liquider leur situation et leur trouva des successeurs dans la personne des époux Poisson. Lantier devint le *chevalier servant* de Mme Poisson, qui n'était autre que *la grande Virginie*. Cela dura jusqu'au jour où Poisson, le plus aveugle des maris, les surprit en flagrant délit. »

« Une vue pareille, naturellement, dit M. Zola, avait fait sortir Poisson de son caractère. Un vrai tigre ! Cet homme, peu causeur, qui semblait marcher avec un bâton dans le derrière, s'était mis à rugir et à bondir. Puis, on avait plus rien entendu, Lantier devait avoir expliqué l'affaire au mari. N'importe, ça ne pouvait plus aller loin. Et Boche annonçait que la fille du restaurant d'à côté prenait décidément la boutique pour y installer une triperie. Ce roublard de chapelier adorait les tripes. »

Laissons l'*intéressant* Lantier avec sa *tripière*. M. Zola qui a un faible pour ce personnage nous le montrera sans doute encore quelque jour en train de promener ses accroches-cœur dans d'autres boudoirs de barrière.

§ III

COUPEAU

Jusqu'au jour de sa chûte, qui fut plus profonde et plus irréparable au morale qu'au physique, Coupeau nous apparait comme un ouvrier honnête, laborieux, exemplaire même. A quoi tiennent pourtant les destinées humaines, dans le roman surtout? Sans ce maudit accident qui le mit sur le flanc pendent deux mois, Coupeau, au lieu de mourir à la fleur de l'âge du *délirium tremens* dans un, hôpital de fous, aurait peut-être fini, à la longue, par avoir un prix Monthyon ! Puisque la destinée et M. Zola ne l'ont pas voulu, il faut bien que nous en prenions notre parti, et que nous nous résignions, au lieu du prix de vertu de l'Académie que nous aurions voulu trouver, à faire plus ample connaissance avec l'abject ivrogne que l'auteur de l'*Assommoir* nous présente.

La maladie joue vis-à-vis de l'organisme humain le même rôle que le prisme vis-à-vis de la lumière, elle le décompose et le métamorphose. La convalescence est pour le malade une sorte de résurrection lente et progressive. Au sortir d'une longue et courte maladie l'être humain a besoin de rapprendre à vivre. Avant son accident, Coupeau était fort et robuste. Les quelques mois qu'il avait passés au lit l'avait singulièrement affaibli. Il s'était peu à peu habitué aux gâteries et aux câlineries dont sa femme l'accablait et il se complaisait dans son état de convalescence qu'il aurait voulu éterniser. Choyé et dorloté à la maison, il trouvait toujours de l'argent dans ses poches lorsqu'il sortait. C'est alors quepetit à petit il s'habitua à l'oisiveté, cette mère de tous les vices. Il allait volontiers boire *un canon* avec les camarades. Il trouvait qu'on n'était pas trop mal chez le marchand de vin. « On rigolait, on restait là cinq minutes. Ça ne deshonorait personne. Les poseurs seuls affectaient de crever de soif à la porte. » Bref à force de passer *cinq minutes* dans chaque cabaret, Coupeau finissait par rentrer chez lui *émêché*.

Lorsque le zingueur fut complètement rétabli, il ne travaillait que par échappée. Chaque fois qu'en se rendant à son chantier, il rencontrait un camarade, il *stoppait* dans le premier cabaret venu et n'en sortait que pour retourner chez lui complètrement ivre. Ger-

vaise le deshabillait comme un enfant et le
mettait au lit. Le lendemain Coupeau était malade et la journée était encore perdu pour le
travail.

Bientôt à l'ivresse gaie, succèda l'ivresse
brutale. Quand il avait suffisamment « fait
la noce » à la *Ville-de-Bar-le-Duc*, au *Moulin
de la Galette*, aux *Lilas*, aux *Deux Maron-
niers*, aux *Vendanges de Bourgogne*, au *Cor-
don bleu*, au *Capucin* et ailleurs, en compagnie
de Lantier qui ne le quittait plus et qui, bien
entendu, se faisait entretenir tout le temps,
Coupeau rentrait chez lui furieux. Il battait
« la petite » et traitait sa femme comme la
« dernière des dernières ». Une nuit qu'il était
rentré plus ivre encore que de coutume, si
toutefois cela était possible, il venait de se jeter
sur son lit pour cuver son vin, lorsque Gervaise vint le secouer pour lui annoncer que
maman Coupeau venait de mourir.

« Fiche-moi la paix, couche-toi. — Nous ne
pouvons rien lui faire, si elle est morte » telle
fut la réponse de cette brute en apprenant que
sa mère venait de mourir dans la chambre
attenante à la sienne. Le lendemain après avoir
pleuré « quelques larmes de vin » en suivant
la dépouille mortelle de Maman Coupeau, il
il se précipita dans le premier cabaret qu'il
rencontra, *à la descente du cimetière*, et après
de copieuses libations, Lantier et lui « tapèrent »
sur Gervaise « jusqu'à la faire mollir sous les
coups. »

Le *vitriol de l'Assommoir* commença alors

à faire des ravages dans l'organisme de Coupeau. « L'appétit, chez lui, était rasé». Pour le soutenir, il lui fallait « sa chopine d'eau-de-vie par jour » ; c'était sa ration, son manger et son boire, la seule nourriture qu'il digérât. Chaque matin il avait des spasmes, des tremblements nerveux dans les membres, c'étaient les premiers symptômes du *delirium tremens* qui se manifestaient dans ce corps *alcoolisé*. Un premier séjour à l'hôpital Ste-Anne n'avait pu corriger cet incorrigible ivrogne qui, à sa sortie s'était remis à boire de plus belle. Bientôt la porte de l'hospice se referma sur lui une seconde et dernière fois Nous ferons grâce à nos lecteurs de l'horrible tableau que M. Zola nous a tracé de la mort de Coupeau. La fin de cet ivrogne pou-vait être un cas pathologique intéressant à étudier pour les hommes de l'art, elle reste horrible et rebutante pour les autres.

Gervaise avait assisté sans émotion à la terrible agonie de son mari. Lorsque l'interne qui épiait les derniers signes de la vie *sur son sujet* s'était retourné vers elle et lui avait dit : « çà y est », elle avait repris le chemin de son domicile. En arrivant chez elle elle dit à mesdames Lorilleux et Lecat, les deux sœurs de Coupeau :

« Il est claqué... Mon Dieu ! quatre jours à gigoter et à gu..ler ?... »

Telle fut l'oraison funèbre de Coupeau.

§ IV

LA GRANDE VIRGINIE.

La grande Virginie est une des héroïnes, l'héroïne fustigée et vaincue, de la scène du lavoir.

A l'époque de son trop fameux duel avec Gervaise, « Virginie était une fille grande, brune, jolie, malgré sa figure un peu longue. Elle avait une vieille robe noire à volants, un ruban rouge au cou, et elle était coiffée avec soin, le chignon pris dan un filet en chenille bleue ! »

C'etait au dire de Mme Boche « une fameuse fainéante ». « Une couturière, disait l'aimable concierge, qui ne recousait pas seulement ses bottines! Ça n'avait ni père ni mère connus et ça vivait d'on ne sait quoi! »

Après l'humiliation publique qui lui avait été infligée par Gervaise, Virginie avait quitté le quartier. Quelques années plus tard Gervaise, ou plutôt Mme Coupeau, descendait l'escalier des Goujet, chez lesquels elle venait de reporter du linge, lorsqu'elle se trouva nez à nez avec Virginie, devenue la femme d'un candidat sergent de ville du nom de Poisson.

« Virginie, alors âgée de vingt-neuf ans, était devenue une femme superbe, découplée, la face un peu longue entre ses deux bandeaux d'un noir de jais. »

Mme Poisson ne se souvenait plus des mauvais traitements infligés jadis à la grande Virginie. Elle invita Gervaise à monter chez elle, où elle la présenta à M. Poisson.

Bientôt le couple Coupeau et le couple Poisson se lièrent d'étroite amitié. Chaque fois que l'on donnait un raout chez les Coupeau, les Poisson étaient de la fête et s'acquittaient à leur plus grand honneur de leurs fonctions de convives.

Il faudrait la plume d'un Rabelais pour décrire les festins homériques qui se donnaient chez les Coupeau. Il y eut notamment une année, à l'occasion de la fête de Gervaise, un *Balthazar* où l'on « s'en fourra jusqu'aux oreilles », et dont M. Zola nous trace un tableau d'un réalisme saisissant, mais horrible.

L'amitié des Poisson pour les Coupeau mourut d'inanition, lorsque ces derniers, de plus en plus dans la gêne, n'eurent plus d'oies à offrir à leurs chers voisins. Lantier qui avait jadis délaissé Gervaise pour s'enfuir avec Adèle, la sœur de Virginie, était devenu tout à coup entreprenant auprès de cette dernière. Bientôt ce beau *mirliflor* qui aimait, comme il le disait cyniquement « les femmes qui embaument » avait fait la conquête de Virginie. Coupeau qui voyait la paille qui était dans l'œil de Poisson, et s'obstinait à ne pas voir la poutre qui crevait le sien, plaisantait agréablement Poisson sur les services que lui rendait Lantier. Bref cette liaison de Virginie et de Lantier dura jusqu'au jour où le sergent deville surprit les deux amants en flagrant délit et bondit sur eux comme un tigre.

Telle est la grande Virginie, fouettée au commencement du roman de M. Zola par Gervaise et fustigée à la fin par M. Poisson son mari !

§ V

MES-BOTTES

> « Remède contre la soif ? Il est contraire à celuy qui est contre morsure de chien, courez toujours après le chien, jamais ne vous mordra ; bûvez toûjours avant la soif et jamais ne vous aviendra. »
>
> (Rabelais — Gargantua, livre I, chapitre V.)

Mes-Bottes, en venant au monde, avait dû comme le fils de Gargamelle, « s'écrier à haute voix : « *à boire, à boire, à boire* »

Bien avant M. Zola, le curé de Meudon, un joyeux réaliste, avait étudié sur place les buveurs de son temps et avaitconsacré un chapitre entier de son *Gargantua*, et l'un des premiers « *aux menus propos de bûcerie.* » Nous venons de relire ce chapitre V que M. Zola connait certainement aussi bien que nous et nous sommes obligé de reconnaître que Rebelais est reste bien supérieur à l'auteur de l'*Assommoir*.

Mes-Bottes est un type plus curieux qu'original que nos lecteurs connaissent déjà pour l'avoir vu au théâtre dans l'*Homme n'est pas parfait*. Il s'appelait alors *Boirot*. M. Zola lui a donné un autre état-civil.

Dans la riche collection d'ivrognes que M. Zola fait défiler sous nos yeux, Mes-Bottes *joue* les ivrognes gais. C'est le boute-en-train, l'allumeur de la grande confrérie des *Boits-sans-Soif*. Sa nature a horreur du vide. *Natura abhorret vacuum*, et (chose vraiment digne de remarque), il est aussi fort sur la « boustifaille » que sur l'article boisson.

Lorsque M. Zola nous fait l'honneur de nous présenter à Mes-Bottes, celui-ci est en train de faire sa cour à l'alambic du père Colombe.

« Mes-Bottes, accompagné de deux camarades, était venu s'accouder sur la barrière, en attendant qu'un coin du comptoir fût libre. Il avait un rire de poulie mal graissée, hochant la tête, les yeux attendris, fixés sur la machine à soûler. Tonnerre de D..., elle était bien gentille! Il y avait, dans ce gros bedon de cuivre, de quoi se tenir le gosier au frais pendant huit jours. Lui, aurait voulu qu'on lui soudât le bout du serpentin entre les dents, pour sentir le vitriol encore chaud l'emplir, lui descendre jusqu'aux talons, toujours, toujours, comme un petit ruisseau. Dame! il ne serait plus dérangé, ça aurait joliment remplacé les dés à coudre de ce roussin de père Colombe! Et les camarades ricanaient, disaient que Mes-Bottes avait un fichu grelot, tout de même. »

Mes-Bottes connaissait Coupeau de longue

date. Il fut donc convié à la noce, ou plutôt au pique-nique organisé au *Moulin-d'Argent*, à l'occasion du mariage de Coupeau et de Gervaise. La noce devait, au sortir de l'église, aller le rejoindre sur la route de Saint-Denis, mais une pluie inopportune l'ayant forcée à modifier son itinéraire, Mes-Bottes s'était réfugié dans un cabaret pendant que M. Madinier faisait les honneurs du musée du Louvre aux autres invités de Coupeau.

Lorsque « *le comte de Gigot-Fin* », comme l'appelait Coupeau, arriva au *Moulin-d'Argent*, l'on buvait le premier verre de vin.

Cela ne l'embarrassa pas, et il rattrapa vite les autres.

« Il redemanda trois fois du potage, des assiettes de vermicelle, dans lesquelles il coupait d'énormes tranches de pain. Alors quand on eut attaqué les tourtes, il devint la profonde admiration de toute la table. Comme il bâfrait ! Les garçons effarés faisaient la chaine pour lui passer du pain, des morceaux finement coupés qu'il avalait d'une bouchée. Il finit par se fâcher ; il voulait un pain à côté de lui. Le marchand de vin, très inquiet, se montra un instant sur le seuil de la salle. La société qui l'attendait se tordit de nouveau. Ça la lui coupait au gargotier ! Quel s.... zig tout de même, ce Mes-Bottes ! Est-ce qu'un jour il n'avait pas mangé douze œufs durs et bu douze verres de vin pendant que les douze coups de midi sonnaient ! On n'en rencontre pas beau-

coup de cette force-là ! Et mademoiselle Re-
manjou, attendrie, regardait Mes-Bottes mâcher,
tandis que M. Madinier, cherchant un mot
pour exprimer son étonnement presque res-
pectueux, déclara une telle capacité extraor-
dinaire. »

Et cependant Gargantua-Mes-Bottes n'avait
pas dit son dernier mot. Pendant que M. Madinier et M. Lorilleux parlaient politique,
Mes-Bottes mangeait toujours. « Il avait re-
demandé du pain. Il acheva les deux fromages !
et, comme il restait de la crème, il se fit passer
le saladier avec fond duquel il tailla de larges
tranches comme dans une soupe. » Un pareil
appétit rendait M. Madinier de plus en plus
stupide, comme dirait le grand Corneille.

Les garçons disparaissaient épouvantés ; le
marchand de vin était tout pâle dans son
comptoir ; sa bourgeoise, consternée, venait
d'envoyer voir dans le quartier s'il y avait
encore une boulangerie ouverte : le chat de la
maison lui-même, avait l'air ruiné. . et cependant cet avale-tout de Mes-Bottes mangeait
toujours. Il n'oubliait pas pour cela de boire et
lorsqu'il eut fait le vide dans toutes les bouteilles, dans les carafons de cognac il ouvrit une
proposition :

— Faut faire un brûlot ! s'écria-t-il ; deux
litres de casse-poitrine, beaucoup de citron et
pas beaucoup de sucre !

Les convives se récrièrent, mais ils eurent
beau faire et beau dire. il fallut bon gré malgré, en passer par le brûlot !

Tel est ce héros des *gargottes et des assommoirs* de barrières qui répond au nom de Mes Bottes : Cet « *empereur des pochards,* » « ce roi des c.ch.ns » joue dans l'œuvre morale (?) de M. Zola le rôle de débaucheur et d'entraineur. C'est lui qui recrute au dehors la clientèle de cette « espèce de Borgia », de père Colombe et de tous « les marchands de coco » des environs. C'est lui encore qui se chargera plus tard d'initier Gervaise aux douceurs du « vitriol » et du « camphre » du père Colombe. Lorsque l'œuvre humanitaire de Mes-Bottes sera terminée, lorsqu'il aura fait de tous ses amis de parfaits ivrognes, M. Zola le récompensera de sa belle conduite en lui faisant « épouser pour de vrai une dame de la rue des Martyrs » un peu mûre mais encore appétissante, et Mes-Bottes bien vêtu, bien nourri, par sa dame, finira dans la peau..... d'un bourgeois.

§ VI

GOUJET

Ce fut au diner de baptême de *Nana* que les Goujet et les Coupeau achevèrent de se lier étroitement. Jusqu'alors il n'y avait eu entre les deux ménages que des relations de voisinage.

Les Goujet étaient du département du Nord.

Derrière la paix muette de leur vie, se cachait un chagrin ancien. Le père Goujet, un jour d'ivresse furieuse, à Lille, avait assommé un camarade à coups de barre de fer, puis s'était étranglé dans sa prison avec son mouchoir. La veuve et l'enfant étaient venus à Paris. La mère raccommodait les dentelles, le fils était forgeron de son état.

« Goujet était un colosse de vingt trois ans, superbe, le visage rose, les yeux bleus, d'une force herculéenne. A l'atelier, les camarades l'appelaient la *Gueule d'Or,* à cause de sa belle barbe jaune. »

« La tête carrée, la chair alourdie par le rude travail du marteau, il tenait des grosses bêtes : dur d'intelligence et bon tout de même. »

Coupeau trouvait ce tambour-major de Goujet bêta et, entre nous, il n'avait pas tort. Ce grand dadais, aux formes athlétiques, rougissait à tout propos comme une jeune fille et n'osait pas regarder une femme en face. Au demeurant aussi serviable que bon camarade, bref la perle des voisins. Goujet avait prêté aux Coupeau l'argent nécessaire à leur installa·ion dans la boutique de la rue de la Goutte-d'Or et était devenu un des premiers chalants de la maison.

Gervaise avait un faible pour Goujet et si ce dernier avait été un peu plus entreprenant... mais non, quand par hasard Mme Coupeau venait le voir sous le fallacieux prétexte de s'informer de son fils Etienne, ou pour lui rapporter son linge, ce grand nigaud de la *Gueule-d'Or*, pour lui montrer sa force, s'amusait à provoquer son ouvrier, *Bec-Salé*, dit *Boit-sans-Soif*, « le lapin des lapins, un boulonnier de grand chic, qui arrosait son fer d'un litre de tord-boyaux par jour », et Gervaise, qui était venue peut-être pour autre chose, assistait à la lutte de ces deux *chevaliers* du marteau qui, armés l'un de *Fifine* et l'autre de *Dédèle*, forgeaient sous les yeux de leur *dame* des boulons de quarante millimètres !

Et cependant ce grand godiche « en pinçait » pour Gervaise. La rentrée de Lantier dans le ménage Coupeau, son laisser-aller et son sans-façon avec Gervaise l'avaient rendu jaloux. Un jour qu'il avait surpris Lantier et Gervaise dans une situation des plus compromettantes, il était rentré chez lui furieux, et le lendemain, s'étant armé de courage, il était allé proposer tout de go à Gervaise de fuir avec lui en Belgique. Gervaise avait refusé. Les enlèvements, suivant elle, dit M. Zola, n'étaient à leur place que « dans les romans et la haute société. »

Le forgeron à défaut de l'émigration en Belgique, s'était contenté d'un baiser que Gervaise avait laissé prendre de la meilleure grâce du monde. Et puis ce fut tout, jusqu'au jour, ou plutôt jusqu'à cette nuit lugubre, durant laquelle Gervaise crevant de froid et de misère, réduite à faire le trottoir sur les boulevards extérieurs, raccrocha..... Goujet qui la conduisit chez lui, lui fit partager « son ragout », lui servit comme dessert une déclaration en règle et fut payé de toutes ses peines et de tous ses madrigaux par un second baiser.

Tel est ce type de belâtre, nouvel Hercule filant aux pieds d'une Omphale de barrière qui joue, dans le roman de M. Zola un rôle qu'il nous a été impossible de bien saisir et qui, outre qu'il n'est d'aucune utilité à l'action du drame, a l'énorme défaut d'être parfaitement ridicule.

§ VII

MADINIER, POISSON, BIJARD ET LORILLEUX

Madinier et Lorilleux sont les deux fortes têtes de l'*Assommoir*. C'est Madinier qui a eut l'idée lumineuse de conduire la noce Coupeau au musée du Louvre qu'il connaissait si bien qu'il commença par s'y perdre avec la société dont il s'était fait le cornac. Madinier est d'ailleurs un éclectique de la plus belle venue en matière d'art et il n'y a, suivant lui, que trois tableaux vraiment remarquables dans ce labyrinthe du Louvre : *le Radeau de la Médues*, *les Noces de Cana*, (Mes-Bottes se serait contenté de ce dernier tout seul) et *la Kermesse flamande*.

En politique, Madinier est un républicain qui admire le prince Louis-Bonaparte « à cause de son oncle, un homme comme il n'en reviendrait jamais plus !

Le hasard, qui joue parfois un si grand rôle en politique, ayant fait naître Lorilleux le 29 septembre 1820, Lorilleux, frappé de cette coïncidence a lié sa destinée à celle du dernier descendant direct des rois de France. Il est parfaitement convaincu que sa fortune sera faite le jour où Henri V fera sa rentrée solennelle dans sa bonne ville de Paris. Il y a longtemps que Lorilleux attend cet heureux événement ; il l'attendra peut-être plus longtemps encore, si Dieu lui prête vie.

En attendant il ne perd aucune occasion de raconter qu'il a vu l'objet de son culte, M. le comte de Chambord en personne et voici le portrait qu'il en trace :

« Un gros homme, en paletot, l'air bon garçon..... J'étais, dit Lorilleux, chez Péquignol, un de mes amis, qui vend des meubles, Grande-Rue de la Chapelle... Le comte de Chambord avait la veille laissé-là un parapluie. Alors, il est entré, il a dit comme ça, tout simplement : « Voulez-vous bien me rendre mon parapluie ? » Mon Dieu ! oui, c'était lui, Péquignol m'a donné sa parole d'honneur. »

Et voilà !

Poisson, le sergent de ville qui a donné son nom à la *grande Virginie* est un bélitre de la plus belle eau, qui s'est battu jadis contre les *Bédouins*, qui se serait même battu contre les *Cosaques* mais malheureusement « *il n'y a plus de Cosaques.* » Poisson les a rayés du nombre des peuples.

Lantier lui a donné le surnom de « Badingue »
par blague, « pour se ficher de l'Empereur »
et Poisson écoute sans sourciller les quolibets,
les grossièretés, les injures les plus ordurières
que les déclassés de l'acabit de Lantier déco-
chent à l'Empereur. Lantier va même jusqu'à
le menacer un jour de le f.... à Cayenne, avec
son Empereur et tous les c..ch..ns de sa bande
et, comme Gervaise s'interpose pour mettre un
terme à la discussion qui pourrait devenir dan-
gereuse pour Lantier si Poisson faisait son
devoir, cet imbécile, dont M. Zola a fait le type
du sergent de ville sous l'Empire « met la main
sur son cœur, comme pour expliquer que tout
restait là » et il choque son verre contre celui
de Lantier qui à ce moment déjà est mieux que
du dernier bien avec sa femme.

Tel est Poisson !

Enfin parmi les personnages secondaires du
roman de M. Zola, nous devons nommer le
serrurier Bijard. Un être bien intéressant
encore!... Un ivrogne, une brute, une bête
fauve! « Quand le père Bijard était soûl, il lui
fallait des femmes à massacrer. » Il avait tué
« sa bourgeoise » d'un coup de pied dans le
ventre. « La petite Lalie, une gamine de huit
ans, grosse comme deux sous de beurre » était
devenu la petite mère de ses frères et sœurs
et soignait le ménage avec une propreté de
grande personne. Pendant ce temps son aimable
père courait les cabarets, puis rentrait complétement ivre et la battait tous les jours.
« C'étaient, dit M. Zola, des tripotées indignes,

des trépignées pour un oui, pour un non, un loup enragé tombant sur un pauvre petit chat, craintif et câlin, maigre à faire pleurer et qui recevait ça avec ses beaux yeux résignés, sans se plaindre. »

Cela dura jusqu'au jour où il plut à Dieu de rappeler à lui cette pauvre petite martyre.

« Quel tableau que celui de l'agonie de la petite Lalie ! Quelle misère et quelle pitié ! Lalie était toute nue dans son lit, un reste de camisole aux épaules en guise de chemise ; oui, toute nue et d'une nudité saignante et douloureuse de martyre. Elle n'avait plus de chair, les os trouaient sa peau, sur les côtes, de minces zébrures violettes descendaient jusqu'aux cuisses, les cinglements du fouet imprimés là tout vifs. Une tache livide cerclait le bras gauche, comme si la mâchoire d'un étau avait broyé ce membre si tendre, pas plus gros qu'une allumette. La jambe droite montrait une déchirure mal fermée, quelque mauvais coup rouvert chaque matin en trottant pour faire le ménage. Des pieds à la tête elle n'était qu'une plaie. »

Et cependant son bourreau de père continuait à faire claquer son fouet au-dessus du lit de la pauvre petite moribonde, qui lui disait de sa voix la plus douce et la plus caressante : « Non papa, je t'en prie, ne frappe pas, ne frappe pas... je vais mourir, » et les petits frères et les petites sœurs demandaient grâce pour leur petite mère !

Tel est le type horrible, odieux, abominable, qui complèie la riche collection d'ivrognes que M. Zola fait défiler sous nos yeux dans l'*Assommoir*.

VIII

1re lettre à M. Zola

LA MORALE EN ACTION DE L' « ASSOMMOIR »

Monsieur,

J'ai lu en tête de votre préface de l'*Assommoîr* ce qui suit :

« Lorsque l'*Assommoir* a paru dans un journal il a été attaqué avec une brutalité sans exemple, dénoncé, chargé de tous les crimes. Est-il bien nécessaire d'expliquer ici, en quelques lignes, mes intentions d'écrivain ? J'ai voulu peindre la déchéance fatale d'une famille ouvrière, dans le milieu empesté de nos faubourgs. Au bout de l'ivrognerie et de la fainéantise, il y a le relâchement des liens de la famille, les ordures de la promiscuité, l'oubli progressif des sentiments honnêtes, puis comme dénouement la honte et la mort. C'EST DE LA MORALE EN ACTION SIMPLEMENT. »

Vous êtes donc, monsieur, un moraliste et je suis bien aise de l'apprendre de votre bouche.

A ce titre vous me permettrez peut-être de vous adresser une toute petite question, *rien qu'une*, comme on dirait dans la chanson du *Père Bidard* qui fait fureur aujourd'hui dans les Assommoirs. Oh ! rassurez-vous d'ailleurs je ne pousserai pas l'indiscrétion, jusqu'à vous demander ce que l'*Asssommoir* vous a rapporté en espèces sonnantes, en dehors de l'auréole de gloire littéraire qu'il a mise autour de votre front, et du ruban rouge qu'il a fait éclore à votre boutonnière. Cela m'est totalement indifférent et d'ailleurs l'argent de l'*Assommoir* ne doit pas sentir plus mauvais que celui que récoltait l'Empereur Vespasien, un réaliste pur et dans toute l'acceptation du mot celui-là !

Votre *Assommoir*, monsieur, a passé la soixantaine, comme roman ; il est devenu plus que centenaire, au théâtre. L'on a fêté ses cent jours d'existence à la rampe avec autant de pompe et d'éclat que le centenaire de Voltaire. La cérémonie, que vous avez daigné présider, a eu lieu à l'*Elysée Montmartre* ; Voltaire avait dû se contenter du théâtre de la *Gaîté*. On s'était mortellement ennuyé au centenaire de Voltaire. On s'est, parait-il, énormément amusé au centenaire de l'*Assommoir*. Vous avez donc tous les bonheurs. Vous êtes un *veinard*, monsieur, comme dirait toujours le *Père Bidard*, et il aurait raison, car jamais roman, ni drame n'obtinrent plus rapide et plus complet succès que l'*Assommoir-roman* et l'*Assommoir-drame*. Eh bien ! monsieur le

moraliste, vous est-il revenu (et je suis
convaincu que vous ne manquez jamais de
vous en informer chaque jour, à votre réveil)
vous est-il revenu, que la lecture du *plus
chaste de vos livres* : l'*Assommoir*, ait opéré
quelques conversions dans « le milieu empesté
des faubourgs » ? Est-ce que l'ivrognerie et la
fainéantise ont décru au fur et à mesure que
votre livre *moral* croissait en éditions? Est-ce
que, enfin, dans ces temps si fertiles en
désastres commerciaux, les assommoirs,
délaissés par les familles ouvrières, voient
chaque jour leur clientèle diminuer et marchent
à grands pas à la faillite ?

Je serais bien aise, monsieur, d'avoir une
réponse de vous à cet intéressant point d'inter-
rogation. Elle me serait infiniment plus
agréable que toutes les théories, ou essais de
théories, dont vos disciples et vous nous réga-
lez chaque jour sur le réalisme moderne. Mais,
hélas ! je crains bien d'attendre longtemps,
fort longtemps, une réponse que vous vous
garderez bien de risquer. Pour cette fois, mais
pour cette fois seulement, vous trouverez sans
doute que le silence est d'or. C'est qu'en effet,
Monsieur, votre livre et la pièce que l'on en a
tirée, ont produit des résultats diamétralement
opposés à ceux que vous vous proposiez d'at-
teindre. Il y a plus de monde que jamais dans
les assommoirs et la faute en est à vous. Les
uns attirés par le tableau séduisant que vous
avez tracé de ces établissements de *distillation*,
se déguisent *en peuple*, comme vous avez dû

le faire vous-même avant de prendre la plume, et s'en vont tâter sur place le *vitriol* et le *camphre* du *Père Colombe*; les autres alléchés par le succès sans précédent obtenu par votre livre vont dans les milieux que vous avez si heureusement exploités le premier pour tâcher d'y découvrir des types plus dégoutants et plus orduriers que ceux que vous avez bien voulu nous présenter. Prenez garde, Monsieur, cette concurrence vous sera bientôt préjudiciable, car dans le temps dans lequel nous vivons, un réaliste trouve toujours un plus réaliste qui le... tue.

Me permettez-vous d'ajouter, Monsieur, que comme moraliste, vous avez rompu en visière avec les procédés et la méthode adopté jusqu'à ce jour par tous vos prédécesseurs. Il n'y a à vrai dire, dans la riche collection d'ivrognes dont vous avez fait les héros de votre *Assommoir* qu'un type correct et honnête, c'est le Coupeau d'avant la chute.

Lantier, pour lequel vous avez une certaine prédilection, ne le niez pas, monsieur, sans cela vous ne l'auriez pas laissé survivre à votre *Assommoir*, Lantier, pour vivre largement et sans rien faire que de la mauvaise politique n'a qu'à transporter chez « les femmes qui embaument » cette même malle dans laquelle il a empilé ses frusques et celles de Gervaise au moment où il laissait sans pain et sans un sou (il emportait avec lui la dernière pièce cent sous du ménage) sa femme et ses petits. Eh bien ! monsieur, vous êtes une véritable providence pour cet être ignoble et dégoutant ; et vous lui procurez tout ce dont il a a besoin. Après Adèle et quelques autres, ce sera Virginie, devenue Mme Poisson ; après cette dernière, ce sera une tripière, en attendant que vous lui trouviez, si possible, quelque chose de mieux.

Mes-Bottes est un joyeux convive, un parfait major de table d'hôte de barrière, mais c'est avant tout un débauché et un débaucheur. Il guette les camarades au passage pour les conduire à l'*Assommoir* ; c'est lui qui initiera Coupeau et plus tard Gervaise aux douceurs du *vitriol* du père Colombe, et lorsqu'il aura accompli son œuvre de corruption vous lui trouverez, dans la rue des Martyrs, une dame encore très-présentable que vous lui offrirez en mariage, et ce « farceur » de Mes-Bottes finira dans la peau d'un bourgeois, ce qui est aujourd'hui le sort le plus beau, le plus digne d'envie.

Coupeau, au contraire, est un ouvrier honnête et laborieux. La première fois qu'il rencontre Gervaise qui attend, grelottante et tout en pleurs, le retour de son infidèle, il lui prodigue les meilleures consolations, en attendant que plus tard il lui rende ces mille petits services qui sont la marque d'un bon cœur et d'une grande délicatesse de sentiment et qu'enfin il en fasse, non sa maîtresse, mais sa femme légitime devant Dieu et devant les hommes. Lorsque le ciel, mettant le comble à ses vœux, lui a donné un enfant, l'heureux père redouble d'efforts et de courage et travaille avec plus d'ardeur que jamais. Tel est Coupeau, ouvrier modèle, bon mari et excellent père jusqu'au jour de sa chute !

Eh bien ! c'est sur ce même Coupeau que vous allez entreprendre vos expériences *in animâ vili !* Vous allez nous le montrer se vautrant dans les ordures de la promiscuité et ses vomissements d'ivrogne, battant sa femme, maltraitant sa fille jusqu'au jour où vous le ferez mourir de la plus horrible et de la plus épouvantable des morts dans un hospice d'aliénés ! Et c'est sur cette impression pénible et écœurante que vous laisserez vos lecteurs ! Singulière morale que la vôtre, monsieur !

Est-ce qu'après un pareil dénouement vos nombreux lecteurs et vos non moins nombreux spectateurs ne seraient pas autorisés à conclure que, d'après vous, il n'y a que les Coupeau, dont les débuts dans la vie ont été si corrects et si pleins de promesses pour l'avenir, qui finissent mal et que le vrai bonheur, ici-bas, est au bout de la route facile et commode que vous faites suivre à vos Lantier et à vos Mes-Bottes !

Cessez donc, monsieur, de nous parler au nom de la morale.

Il n'y a pas de morale, sans Dieu et sans foi et vous avez banni Dieu et la foi de votre œuvre matérialiste !

Vous avez fait en écrivant l'*Assommoir* que vous proclamez le plus chaste de vos livres (ce qui, entre parenthèse, doit donner une singulière idée de vos autres ouvrages à ceux qui ne les connaissent pas) vous avez fait, monsieur, une œuvre malsaine, malsaine par le fond, par la forme et par l'expression. Le matérialisme brutal y règne d'un bout à l'autre. Vous avez cru qu'il suffisait d'exhiber le vice et ses conséquences *physiques* pour le guérir. Vous connaissez donc bien peu le cœur humain ! Il existe à Paris et dans nos grandes villes, des musées où des pères de famille peu clairvoyants, conduisent leurs fils pour les mettre en garde contre les corruptions du corps. Leçon inutile, en [vérité ! La vue de ces horreurs anatomiques n'éloigne pas plus de la débauche que la contemplation du *delirium tremens* de Coupeau ne corrige la classe ouvrière de l'ivrognerie.

Ah ! Monsieur qu'un peu de catéchisme dans ces milieux populaires, auxquels vous prétendez vous intéresser, vaudrait bien mieux que toutes vos théories humanitaires. Relisez ce petit livre (si tant est que vous l'ayez jamais lu !) il vous convaincra que la raison humaine, que la dignité humaine, que la conscience humaine ne peuvent rien abandonnées à elle-même et sans la foi. L'homme qui vit sans Dieu et qui ne s'inquiète pas de l'âme, comme les personnages de l'*Assommoir*, les matérialistes sincères en un mot, ne connait qu'un frein : le codé pénal !

Si, comme je crois l'avoir surabondamment démontré, vous n'avez point fait œuvre de moraliste, avez-vous au moins fait œuvre d'artiste dans l'*Assommoir* ? Oui, répondent ceux qui ne voient dans vos livres que la forme, souvent admirable, dont vous enveloppez l'idée. Non, dirai-je avec ceux que la reproduction parfaitement exacte des détails de la vie réelle ne charme pas.

« Que deviendraient (et ici je reprends en la citant textuellement une question qui vous était récemment posée par un écrivain des plus autorisés), que deviendraient les fictions héroïques de Victor Hugo *Ruy-Blas* et les *Burgraves*, si vous les traduisiez en prose naturaliste ? Dans la curée, vous refaites *Phèdre*, à ceci près qu'Hippolyte se soumet à l'inceste. Mais que votre Phèdre est misérable, odieuse, écœurante : cette détraquée en qui vous prétendez personnifier la société du second Empire !

» Les passions, les vices, les ridicules humains n'ont de grandeur que si on les exagère, ce que Molière a fait : Harpagon n'est pas un avare ! c'est l'avarice ! Tartufe n'est pas un hypocrite, c'est l'hypocrisie. Ces types immortelles ne sont vrais que parce qu'ils n'existent pas ! ils sont plus hauts que nature : il en est des types littéraires, comme des statues destinées à orner les vastes édifices ; il les faut géants ! Quelle figure ferait l'Apollon de l'opéra s'il n'avait que votre taille ? »

Laissez-moi vous le dire, en terminant, monsieur, l'art, s'il se contente de copier servilement déchoit. Avec le réalisme pur, c'est-

à-dire dégagé de tout idéal, on arrive quelquefois à faire VRAI, on ne fait jamais GRAND ET
BEAU !

IX

Deuxième lettre à M. Zola

L'ODEUR DU PEUPLE

LE PEUPLE,

Le peuple, enfant cruel, qui rit en détruisant,
Qui n'éprouve jamais sa force qu'en brisant,
Et qni, suivant l'intérèt de son brutal génie,
Ne comprend le pouvoir que par la tyrannie !
Force aveugle que Dieu lâche de temps en temps,
Ainsi que l'avalanche ainsi que les autans,
Pour donner à l'éther un courant plus rapide,
Pour frapper un grand coup et pour faire un grand vide.

(Lamartine — Jocelyn)

LE PEUPLE,

Le peuple ne connaît qu'une chose, les besoins
de la nature et la nécessité de la satisfaire ; dès
qu'il est par sa situation à l'abri de la misère et
de la souffrance, il est content et heureux ; la
liberté est un bien qui n'est pas fait pour lui,
dont il ignore l'avantage et qu'il ne possède
guère que pour en abuser à son propre préju-
dice ! c'est un enfant qui tombe et se brise dès
qu'on le laisse marcher seul, et qui ne se relève
que pour battre sa gouvernante, il faut le bien
nourrir, l'occuper sans l'écraser et le conduire
sans lui laisser trop voir ses chaines.

(D'Alembert).

Monsieur,

J'ai lu encore dans votre préface de l'*Assommoir* :

« Mon œuvre me défendra. C'est une œuvre de vérité, le premier roman sur le peuple, qui ne mente pas et ait l'odeur du peuple. Et il ne faut point conclure que le peuple tout entier est mauvais, car mes personnages ne sont pas mauvais, ne sont qu'ignorants et gâtés par le milieu de rude besogne dit de misère où ils vivent !! »

Ainsi voilà qui est clair et net : Votre livre a L'ODEUR DU PEUPLE et comme l'*histoire naturelle et sociale des Rougon-Macquart* se déroule sous l'Empire, il sensuit que l'*Assommoir* a L'ODEUR DU PEUPLE DE L'EMPIRE. Me permettrez-vous de vous faire observer tout d'abord que vous avez bien mal choisi votre milieu pour respirer l'odeur de ce peuple. En ce temps-là (il n'y a pas longtemps de cela), la prospérité impériale, ou la corruption impériale, comme vous le voudrez, avait amené l'aisance et le bien-être jusque dans la classe ouvrière. L'on n'allait pas se vautrer dans les assommoirs parce que l'ouvrage manquait, mais par pure fainéantise. Vous avez donc choisi, comme sujet d'étude, cette catégorie infime de désœuvrés et de débauchés, qui désertent l'atelier pour le cabaret et qui ont en horreur cette sainte loi du travail que nous devons subir tous, qui que nous soyons.

Je vous plains bien sincèrement, Monsieur, et comme vous avez dû vous trouver mal à l'aise dans les milieux d'étude et d'observation que vous avez choisis! Vous avez beau en effet nous donner des romans réalistes, au fond, Monsieur, vous êtes un délicat. Les livres, pas plus que l'argent qu'ils rapportent ne sentent mauvais, sans cela l'*Assommoir* n'aurait jamais pénétré chez vous. En voulez-vous la preuve? Pas plus tard qu'il y a quelques jours, à la fête de centième de l'*Assommoir*. « Vous l'avez faite à la dignité », (ce n'est pas moi qui vous adresse ce reproche, c'est un journal réaliste de vos amis), vous qui passiez pour « un zig » dans le quartier dans lequel se donnait la fête, vous vous étiez « f.... en classedirigeant », ce que le journal en question appelle « se conduire dégoûtamment. » Aussi pour vous punir du déplorable exemple que vous avez donné et qui heureusement n'a été que très peu suivi, il vous décoche les deux épithètes qui doivent vous être les plus désagréables et il vous traitra de « classique » et « d'académicien. » Cela vous apprendra, Monsieur, à faire « l'empaillé » et à aller chez votre peuple en habit noir et en cravate blanche!

Puisque vous m'en fournissez l'occasion, je vais me livrer, Monsieur, à un parallèle, qui ne sera peut-être pas tout à fait à votre avantage.

Qu'avez-vous fait, « monsieur le digne bourgeois » pour le peuple? L'*Assommoir* qui vous a rapporté à vous la gloire, la croix et... la fortune, et rien, absolument rien à votre très cher client.

Qu'a fait pour la classe intéressante des travailleurs l'Empereur que vous faites insulter par procuration dans votre livre *chaste et moral ?* Je vais vous l'apprendre, monsieur l'historiographe du peuple sous l'Empire.

Sous l'Empire, dans une période de dix-sept années, de 1853 à 1870, les salaires se sont accrus dans la proportion de **45 pour cent**, c'est-à-dire d'un peu moins de moitié et de plus des deux cinquièmes, ce qui équivaut à une augmentation annuelle de 2,15 pour cent; et sans la perturbation des années 1870-1871, cette augmentation aurait été plus marquée encore. Ces chiffres qui ont leur éloquence, vous les trouverez à la page 326 du rapport fait au nom de la commission d'enquête parlementaire sur les conditions du travail en France, par M. Ducarre, député républicain de Lyon, à l'Assemblée nationale. Ils sont la meilleure preuve (ceci soit dit en passant) que la liberté des échanges avait considérablement contribué à relever, en France, la condition matérielle des ouvriers.

L'instruction publique qui exerce aussi une action directe sur le travail qu'elle élève, éclaire et moralise, avait, sous ce même régime, suivi la même progression :

Le nombre des écoles primaires publiques et libres était en 1850 de   60.570

Ce nombre s'éleva, en 1866, à . .   70.471

Les salles d'asiles recevaient
en 1850 . . . . 156.811 enfants.
Elles recevaient en 1866 . . 432.131 —

La révolution de 1789 avait laissé les ouvriers dans une situation légale embarrassée d'entraves, entachée d'inégalités, d'infériorités, d'humiliations : vestiges d'un autre âge.

L'Empereur ne voulut point de parias dans le peuple : les ouvriers n'étaient encore que des affranchis ; il en fit des hommes libres.

Avant l'Empire les patrons avaient toute la liberté de s'entendre pour faire baisser les salaires. Les ouvriers seuls n'avaient pas le droit de se concerter pour obtenir une hausse dans ces mêmes salaires. La loi des coalitions a permis aux ouvriers de débattre librement avec leurs patrons le prix de leur travail et le droit de réunion, dont on a parfois abusé dans ces derniers temps surtout, (mais, vous le savez aussi bien que moi, l'abus côtoie toujours le droit et la licence est toujours voisine de la liberté) et le droit de réunion est venu compléter le droit de coalition.

La législation antérieure à l'Empire faisait de l'ouvrier une classe sociale à part. L'ouvrier était traité plus sévèrement en France que l'étranger. Il ne pouvait se déplacer, aller d'une ville à l'autre, d'un atelier même à un l'autre, que muni de cette sorte de passe-port qu'on appelle : le livret.

En 1867, l'Empereur prit sur lui de faire cesser cette criante inégalité et le 23 mars, il s'exprimait ainsi devant le Conseil d'Etat :

« La suppression du livret, réclamée surtout comme une satisfaction morale, afin d'affranchir les ouvriers de gênantes formalités, complétera la série des mesures qui les placent dans le droit commun et les relèvent à leurs propres yeux. »

Le livret obligatoire fut donc virtuellement aboli par l'Empire, et sans les évènements de 1870, les intentions démocratiques de l'Empereur auraient été sanctionnées en la forme législative.

C'est encore l'Empire qui a rayé du Code civil cet article 1781, aux termes duquel le témoignage du patron prévalait, en justice, sur celui de l'ouvrier et du domestique.

Les assemblées républicaines antérieures avaient oublié, suivant la belle expression de l'Empereur, le 21 mars 1865, « d'accréditer enfin la parole des ouvriers devant la justice. »

Enfin la loi sur l'assistance judiciaire, due à l'initiative de l'Empereur, assura aux indigents l'appui gratuit de la justice.

Ainsi donc, monsieur, l'Empire a donné aux ouvriers :

L'égalité industrielle par la loi sur les coalitions ;

L'égalité politique par le droit de réunion ;

L'égalité sociale par la suppression du livret obligatoire ;

L'égalité civile par l'abrogation de l'article 1781 du code civil ;

L'égalité judiciaire, par la loi sur l'assistance judiciaire ;

Et enfin l'égalité morale par l'ensemble de ces lois.

Il a fait plus encore. Il a fondé les maisons ouvrières et les sociétés coopératives; multiplié et subventionné les sociétés de secours mutuels, multiplié et doté les établissements de bienfaisance.

En 1852, dix millions furent consacrés à l'amélioration des logements ouvriers.

En 1854, une somme de quinze cents mille francs fut affectée à la construction de 182 maisons ouvrières.

En 1859, l'Empereur donna sur sa cassette particulière pour l'assainissement des habitations ouvrières, 100,000 francs à la ville de Lille, 50,000 francs à la ville de Bayonne et 10,000 francs à la ville d'Amiens.

Vous parlerai-je maintenant des orphelinats, des hospices, des lieux de refuges pour la misère et pour la vieillesse, édifiés sous l'empire. L'énumération en serait trop longue et d'ailleurs ces établissements philanthropiques et charitables vous les connaissez aussi bien que moi puisque vous y envoyez mourir les héros de votre *Assommoir*.

Libre à vous maintenant, messieurs, de continuer (ce qui est une preuve de bon goût à défaut de courage) à faire insulter l'Empire et l'Empereur par vos Lantier et vos Coupeau ! Si vous avez pour vous le peuple des assommoirs, l'Empire aura pour lui le peuple des travailleurs, le vrai peuple en un mot, et il ne se trouvera pas le plus mal loti.

Vous aurez pour vous le peuple des assommoirs, mais à une condition, c'est que vous ne « la fassiez plus à la dignité », que vous ne vous « f..... plus en classedirigeant », sans cela vous aurez bientôt perdu la dignité de « zig » à laquelle il vous a fait l'honneur de vous élever.

Au fond (et ceci soit dit entre nous, en terminant), vous ne tenez pas autrement à « cette œuvre de vérité : » le premier roman sur le peuple qui « ne mente pas et qui ait l'odeur du peuple », sans cela vous n'auriez pas laissé vos collaborateurs dramatiques, MM. William Busnach et Gastineau, promener leurs ciseaux plus rigides que ceux d'Anastasie elle-même dans votre *Assommoir*. Ce n'est pas un drame, c'est le réalisme lui-même que l'on a retiré de votre livre. Et vous avez laissé faire! On a changé la physionomie de vos principaux personnages. L'on a fait de votre *traînée* de *Gervaise*, une femme sage, douce, aimable, laborieuse, un dragon de vertu en un mot. Tout le monde se range, se corrige, se convertit dans le drame de MM. Busnach et Gastineau. *Mes-Bottes*, toujours entraîneur, donne l'exemple et *Bibi-la-grillade et Bec-Salé* promettent de l'imiter et tiendront parole. Enfin Goujet, ce type de niais que vous aviez créé, se venge singulièrement à la scène, de la façon dont vous l'aviez traité dans votre roman, et réfute, aux applaudissements de la foule, les déclamations alcooliques de votre peuple!

Voilà ce que devient, au théâtre, votre prétendue « œuvre de vérité », « le premier roman de ce peuple qui ne monte pas et qui ait l'odeur du peuple » et toujours vous laissez dire et vous laissez faire !

Nous n'en voulons pas dire davantage. Le public appréciera.

X

Troisième lettre à M. Zola.

LA COMÉDIE HUMAINE ET LES ROUGON MACQUART

« Je travaille aussi ardemment et d'une manière aussi suivie qu'aucune créature humaine le puisse faire ; mais je ne suis que le très-humble serviteur de la muse et cette..... là a des moments d'humeur. »

(Correspondance de Balzac. — Tome I.)

« Sacredieu ! mon bon ami, je crois que la littérature est par le temps qui court un métier de fille des rues qui se prostitue pour cent sous ; cela ne mène à rien et j'ai des démangeaisons d'aller vaquer, chercher, me faire drame vivant, risquer ma vie...

(Id. — Id.)

« On est perdu en France du moment que l'on s'est fait un nom et qu'on est couronné de son vivant. Injures, calomnies, tout cela m'arrange. Un jour on saura que si j'ai vécu de ma plume, il n'est jamais entré deux centimes dans ma bourse qui ne fussent durement et laborieusement gagnés ; que l'éloge ou le blâme m'ont été très indifférents ; que j'ai construit mon œuvre au milieu des cris de haine, des mousqueteries littéraires et que j'y allais d'une main ferme et imperturbable.

(Correspondance de Balzac. — Tome 2.)

« En somme voici le jeu que je joue ! quatre hommes eurent en ce demi siècle une influence immense : Napoléon, Cuvier, O'connell ; je voudrais être le quatrième. Le premier a vécu du sang de l'Europe, il s'est inoculé des armées ; le second a épousé le globe ; le troisième s'est incarné au peuple moi, j'aurai porté une société toute entière dans ma tête.

(Id.—Id.)

Monsieur,

Vous aviez publié successivement : *la Fortune des Rougon, la Curée, le Ventre de Paris, la Conquête de Plassans* et *Son Excellence Eugène Rougon*. Ce sont les premiers épisodes de ce que vous appelez l'Histoire naturelle et sociale d'une famille sous le second Empire.

Lorsque vous nous avez donné l'*Assommoir*, vous avez écrit, en tête de la préface de ce livre :

« Les *Rougon-Macquart* doivent se composer d'une vingtaine de romans. Depuis 1869, le plan général est arrêté, et je le suis avec une rigueur extrême. L'*Assommoir* est venu à son heure, je l'ai écrit, comme j'écrirai les autres, sans me déranger une seconde de ma ligne droite. C'est ce qui fait ma force. J'ai un but auquel je vais. »

Libre à vous, Monsieur, de vous décerner dans vos préfaces tous les *satisfecit* que bon vous semblera, mais me permettrez-vous de vous faire remarquer que vous êtes vis-à-vis du public d'une discrétion qui dépasse toutes les bornes. Vous avez un plan, nous dites-vous, il est même arrêté depuis 1869, mais quel est ce plan, où est-il? Dites-nous seulement chez quel notaire il est déposé et nous vous ouvrirons le même crédit qu'au général Trochu.

Dans *Une page d'amour* « cette œuvre intime et de demi-teinte » au lieu du plan de votre œuvre *naturelle et sociale* vous nous donnez l'arbre généalogique des Rougon-Macquart que beaucoup de personnes, nous dites vous, vous ont réclamé et que vous regrettez de n'avoir pas publié dans le premier volume de la série pour montrer tout de suite l'ensemble de votre plan. »

« Si je tardais encore, ajoutez-vous, on finirait par m'accuser d'avoir fabriqué mon plan après coup. Il est grand temps d'établir qu'il a été dressé tel qu'il est en 1868, avant que j'eusse écrit une seule ligne. » Nous pourrions vous faire observer, Monsieur, que vous ne nous paraissez pas très bien fixé vous-même sur l'état-civil de votre fameux plan qui, d'après votre préface de l'*Assommoir*, aurait été conçu en 1869, tandis que dans une *Page d'amour* vous le vieillisez d'une année. Mais n'avons aucun goût pour les discussions puériles et stériles. Nous aimons mieux rechercher si vous avez réellement un plan; quel est ce plan et si votre œuvre *naturelle et sociale* est le digne pendant de l'œuvre du grand Balzac auquel on vous fait souvent l'honneur (sans que vous vous en défendiez trop) de vous comparer.

Et tout d'abord, Monsieur, nous devons constater que vos débuts ont été plus favorisés et plus heureux que ceux de l'auteur de la *Comédie humaine.*

Quelle existence difficile et laborieuse que celle de Balzac, traqué et poursuivi sans relâche par des créanciers impitoyables, sans cesse aux prises avec la nécessité, la misère même! La correspondance publiée dans ces temps derniers a éclairé d'un jour nouveau cette grande personnalité. Que de tourments, que de vicisitudes dans cette vie toute de labeur !

« Je travaille, écrit-il, aussi ardemment et d'une manière aussi suivie qu'aucune créature humaine le puisse faire. »

« Honoré, dit-il dans une autre lettre, est en ce moment prisonnier dans sa chambre avec un duel sur le corps : il faut qu'il tue une demi-rame de papier et la transperce d'une encre assez passable, pour mettre sa bourse en joie et en liesse. »

La nécessité, toujours l'horrible et impérieuse nécessité fait sentinelle à la porte de son cabinet de travail ; et lorsqu'enfin un rêve dès longtemps carossé vient à se réaliser ; lorsqu'il peut tremper pour la première fois ses

lèvres à la coupe du bonheur, il meurt plein
de jours dans les bras de celle qu'il aima toute
sa vie et qui ne fut sa femme que si peu de
temps !

Vous avez été, monsieur, plus favorisé du
sort que le grand Honoré. Après avoir rompu
les chaines dorées qui vous liaient à un grand
éditeur, vous avez essayé de voler de vos propres
ailes et vous y avez pleinement réussi. Vos
premières productions, les charmantes bluettes
qu'on appelle les *Contes à Ninon*, furent très-
goûtées du public. Bien malin eut été celui qui
eut pressenti, dans ces *Berquinades* le futur
chef de l'école naturaliste moderne !

La première série de vos *Rougon-Macquart*
sans trop laisser poindre encore le naturaliste
ardent et passionné de l'*Assommoir*, révélait
au public votre talent souple et varié sous un
nouvel aspect. L'évolution ne fut complète
que dans l'*Assommoir*. Le réalisme, qui avait
si peu réussi à tant d'autres qui avaient essayé
de l'exploiter avant vous, vous ouvrit à deux
battants les portes de la gloire et de la fortune.
Si nous nous en référons à ce que vous nous
avez révélé de votre plan, vous n'en êtes encore
qu'au tiers à peine de votre œuvre et cependant vous avez déjà rencontré le pactole sur
votre route et jamais *Assommoir* n'a fait
d'aussi brillantes affaires que le vôtre.

Sous le rapport donc des succès et de la
réussite les *Rougon-Macquart* laissent bien
loin derrière eux la *Comédie humaine*. En
est-il de même à d'autres points de vue : au

point de vue de la conception de l'œuvre par
exemple et de son exécution? Telle est l'intéressante et délicate question qu'il nous reste à
examiner avant de prendre congé de vous.

Nous laisserons de côté, si vous voulez bien,
monsieur, les œuvres de jeunesse de Balzac,
*le Centenaire, la Dernière Fée, Dom Giga-
das, l'Excommunié*, etc., etc., pour nous occuper exclusivement de la COMÉDIE HUMAINE.

« *J'aurai porté une société tout entière
dans ma tête*, » écrivait Balzac dans une de ses
lettres, et je crois ne pas trop m'avancer en
disant que la postérité a ratifié cette sentence.

Ce qu'il y a de plus merveilleux, à mon humble avis, dans l'œuvre colossale entreprise et
exécutée par ce puissant écrivain, c'est la conception de cette œuvre même. Avant d'écrire
une ligne des *Scènes de la Vie parisienne, des
scènes de la vie de province, des scènes de la
vie parisienne, des scènes de la vie politique,
des scènes de la vie militaire, des scènes de
la vie de campagne, des études philosophiques*, qui composent ce tout merveilleux qu'il
a appelé la COMÉDIE HUMAINE, Balzac avait
créé tous les personnages qu'il met en mouvement et en action et dont chacun est devenu un
type légendaire.

Toutes les classes de la société ont été étu-
diées et disséquées par ce grand anatomiste :
l'armée, la noblesse, le clergé, la finance, la
magistrature, les lettres, les arts, les sciences,
le commerce, etc.

Tous les personnages qu'il met en scène

sont non pas ressemblants comme des photographies, ce qui ravalerait Balzac au niveau des réalistes, mais vivants, absolument vivants. Nous les connaissons comme si nous les avions vus, comme si nous avions vécu dans leur intimité, qu'ils s'appellent, pour prendre quelques exemples entre mille :

Dans l'armée, le général Hulot ; le marquis Armand général de Montriveau ; le colonel Chabert ; le colonel Gouraud ; le colonel de Malincourt ; le colonel de Soulanges ; le commandant Genestas ; l'intendant général Hulot; etc., etc.

Dans le clergé, le vicaire-général de Grancey ; l'abbé Chaperon ; l'abbé de Fontenon, etc., etc.

Dans la finance, Antoche Finot, « *ce marquis par derrière et vilain par devant* » ; Emile Blondet, « *le plus séduisant des hommes-filles, le caudataire de ce prélat industriel* qui a nom : *Finot* » Couture « *ce spéculateur osé et hardi* » ; le banquier Gobseck » *cette guillotine financière* » « *un homme capable de jouer aux dominos avec les os de son père* » et le baron de Nucingen, que je n'oserais jamais qualifier comme le faisait le Père Goriot, etc., etc.

Dans la magistrature, M. le procureur général de Grandville ; le juge Popinot ; le juge d'instruction Camusot ; le juge de paix Bongrand ; M⁶ Vinet, avocat ; Mᵉˢ Desroches et Deville, avoués ; Mᵉˢ Solonet et Mathias, notaires ;

Dans les lettres, Bixiou, « *ce misanthrope bouffon qui saute sur toutes les épaules comme un clown et tâche d'y laisser une marque à la façon du bourreau* »; Nathan, « *ce joueur de gobelets, dont la plume prend son encre dans le cabinet d'une actrice* »; Lousteau; Vernou; Joseph Bridau, etc., etc.

Dans les arts, les peintres Schinner et Servin;

Dans la science, le docteur Bianchon, qui disait avec infiniment de justesse que « *les médecins sans clientèle pourraient seuls se faire nommer députés* »; le bon et savant docteur Minoret et le médecin de campagne: le docteur Benassis;

Dans le grand commerce, Popinot, l'ancien ministre; César Birotteau, chevalier de la Légion d'honneur, les Rogron, etc., etc.

Dans le Hig-life masculin: Eugène de Rastignac et Lucien de Rubempré, ces deux élèves de Vautrin; Maxime de Trailles; Henry de Marsay; La Palférine; Léon de Lora; Savinien de Portenduère; Octave de Camps; le comte de Kergarouet; le comte Louis de Sommervieux; Martial de la Roche-Hugon; etc., etc.

Dans le Hig life féminin: Anastasie de Restaud et la baronne Delphine de Nucingen, ces deux filles du père Goriot « *le christ de la paternité!* »; Mesdames de Moncornet et de Lespard; la duchesse de Rhétoré; Mesdames de Cerizy, de Maufrigneuse et de Reybert; la duchesse d'Argaïolo; Madame de Portenduère; Antoinette de Langeais; la comtesse Ferraud; Madame de Marigny; Madame de Soulanges;

Madame la comtesse de Vaudremont; etc., etc.

Dans le monde des théâtres, Fanny-Beaupré; Marianna; Andréa; Gambara Paolo; Giardini; etc., etc.

Dans le monde des courtisanes : Esther; Florine, etc., etc.

Puis, voici venir ce personnage qui, sous trois marques différents, traverse toute l'œuvre de Balzac : Jacques Collin, l'abbé Carlos Herréra et Vautrin qui lance dans le monde Eugène de Rastignac et Lucien de Rubempré; traite de pair à égal avec les familles les plus blasonnées du faubourg St-Germain dont il détient les secrets les plus intimes et nous initie à la vie intérieure des prisons et à l'argot du bagne où il a plusieurs fois régné en maître.

Mais c'est tout un monde que Balzac a créé! Ajoutez à cela, monsieur, que nul n'a poussé plus loin que ce grand écrivain l'art de la description. Ses paysages sont frappants de vérité ; il est artiste jusqu'aux moëlles et il rendrait des points à tous les tapissiers et à tous les décorateurs quand il s'avise de composer un ameublement pour un boudoir, un cabinet de travail ou un salon.

Voilà en deux mots et en raccourci l'œuvre de Balzac. Il a touché à tout et partout il a laissé son empreinte, sa griffe de lion.

Examinons maintenant votre œuvre.

Qu'est-ce que votre histoire naturelle et sociale d'une famille sous le second Empire ?

Une série d'études de cas de pathologie sociale

qui se produisent successivement chez les *Rougon-Macquart*. Chez l'un Charles Rougon ce sera *la dernière expression de l'épuisement d'une race*; chez l'autre Serge Mouret, *l'hérédité d'une névrôse se tournant en manie religieuse*; chez Désirée Mouret : *l'hérédité d'une névrôse se tournant en imbécilité;* chez Etienne Lantier *l'hérédité de l'ivrognerie se tournant en folie homicide*; chez Gervaise Macquart, *les résultats de la conception dans l'ivresse*, etc., et enfin chez Anna Coupeau, votre héroïne de demain, *l'hérédité de l'ivrognerie se tournant en histérie.*

Quelle belle famille que celle des Rougon-Macquart ! et comme elle doit être fière et heureuse d'avoir trouvé un historiographe de votre talent pour étaler aux yeux du public toutes ses plaies et toutes ses misères ! Heureusement pour ces infortunés que la plupart de ces affections morbides, dont vous les accablez si généreusement, n'existent que dans votre imagination. Pour ne prendre qu'un exemple, entre beaucoup d'autres, vous me permettrez de vous faire observer que votre diagnostic est complétement erroné en ce qui touche Anna Coupeau. Dans l'arbre généalogique que vous regrettez beaucoup, pas autant que nous cependant, d'avoir publié si tard, vous décrivez ainsi le cas pathologique de cette jeune fille : « ANNA COUPEAU, *née en 1852 — Mélange soudure — Prépondérance morale du père, ressemblance physique de la mère — Hérédité de l'ivrognerie se tournant en hystérie — Etat de vice.»* Vous me permettrez, monsieur, de vous faire très-respectueusement observer que lorsque *Nana* ou Anna Coupeau est venue au monde, son père était un ouvrier honnête, laborieux et surtout très-sobre; que sa mère, Gervaise, devenue madame Coupeau se conduisait elle-même très-bien, et que ce n'est que sept années après son mariage, alors que *Nana* avait près de quatre ans, que Coupeau a fait cette malheureuse chûte qui, ainsi que j'ai eu l'occasion de le constatater a été plus profonde et plus irréparable au moral qu'au physique. *Cette hérédité de l'ivrognerie* chez Nana n'est donc pas un vice originel et l'on ne comprend dès lors comment elle peut tourner en hystérie.

J'en pourrais dire autant du cas pathologique de Gervaise que vous ne nous avez fait connaître que bien après la publication de l'*Assommoir.* Sans la publication tardive de votre arbre généalogique qui aurait trouvé le lien qui pouvait rattacher Gervaise à la famille des Rougon. Sans doute l'on avait bien lu sur la couverture de l'*Assommoir* : LES ROUGON-MACQUART, *histoire naturelle et sociale d'une famille sous le second empire,* mais comme le nom d'un Macquart quelconque habitant à Plassans en Provence, je crois, n'était prononcé qu'une fois à la première page de l'*Assommoir*, ce lugubre drame qui se passe tout entier à Paris, il aurait fallu des prodiges d'imagination pour trouver ce que vous nous cachiez avec tant de soin.

En résumé, monsieur, sans prétendre soulever de mauvaises chicanes, sans m'inscrire non plus en faux contre les déclarations faites par vous dans la préface d'*Une Page d'Amour*, je me crois autorisé à conclure que votre plan n'est pas aussi ancien en date que vous nous le déclarez, sans cela vous n'auriez pas été indiscret à moitié. Vous êtes loin, et nous qui suivons votre œuvre avec l'attention qu'elle comporte, nous sommes loin aussi d'en avoir fini avec les Rougon-Macquart. Vous nous devez encore pas mal de volumes pour arriver au chiffre de vingt que vous nous avez promis. Pourquoi alors ne pas nous avoir donné le plan complet de votre œuvre dans la préface d'*Une page d'Amour* et vous être arrêté à *Anna Coupeau?* Vous êtes, monsieur, d'une discrétion qui laisse place à bien des doutes.

Dans tous les cas, que vous ayez un plan ou que vous n'en ayez pas, votre œuvre mise à côté de celle du grand Balzac, paraît bien mince et bien chétive. Balzac a créé tout un monde ; vous faites vous de la pathologie sociale et comment? Au lieu de faire grand, de nous dépeindre l'*ivrognerie*, par exemple, et avec toutes ses conséquences déplorables, de façon à nous en inspirer une sainte horreur, vous faites défiler sous nos yeux une série d'ivrognes tous plus rebutants les uns que les autres. Ainsi le veut le naturalisme dans lequel vous nagez pour le moment à pleines eaux.

Ah! monsieur, laissez-moi vous dire en prenant congé de vous avec le naturalisme on

commet des livres comme l'*Assommoir*, *les
Sœurs Vatard* et autres œuvres aussi écœu-
rantes qu'immorales, mais avec le naturalisme,
Balzac lui-même n'aurait jamais fait la COMÉDIE-
HUMAINE.

FIN.

TABLE DES MATIÈRES

FIN DE LA TABLE.